PELYDRAU

PELYDRAU
CASGLIAD O STRAEON BYRION

GOLYGYDD
SIONED ERIN HUGHES

Cyhoeddwyd yng Nghymru yn 2025 gan Sebra,
un o frandiau Atebol, Adeiladau'r Fagwyr,
Llanfihangel Genau'r Glyn, Aberystwyth, Ceredigion SY24 5AQ

Hawlfraint y testun © yr awduron
Hawlfraint y cyhoeddiad © Sebra

Cedwir pob hawl.
Ni chaniateir atgynhyrchu unrhyw ran o'r cyhoeddiad hwn na'i drosglwyddo ar unrhyw ffurf na thrwy unrhyw fodd, electronig neu fecanyddol, gan gynnwys llungopïo, recordio neu drwy gyfrwng unrhyw system storio ac adfer, heb ganiatâd ysgrifenedig y cyhoeddwr.

Llun clawr gan Steffan Dafydd, Penglog
Dyluniwyd gan Almon

ISBN : 978-1-83539-020-7

Golygwyd gan Adran Olygyddol Cyngor Llyfrau Cymru

sebra.cymru

Dymuna'r cyhoeddwr gydnabod cymorth ariannol
Cyngor Llyfrau Cymru

Argraffwyd yng Nghymru

Mae'r gyfrol yn cynnwys iaith gref a rhai themâu aeddfed a all beri gofid.

Cynnwys

Rhagair 7

Lucian 11
MERERID HOPWOOD

Yr Ysbyty 24
SARA MITCHELL

Y Sŵn 33
ALUN DAVIES

Ni ac Alma Grace 42
SIONED ERIN HUGHES

Awgrym o Wawr 52
STEFFAN WILSON-JONES

Y Waywffon 63
MATH WILIAM

Gwahoddiad 73
ALED JONES WILLIAMS

Bywgraffiadau 85

Rhagair

Dwi'n dweud yn aml mai'r rheswm 'mod i'n troi at y stori fer drwodd a thro ydi gan nad oes gen i'r gallu, na'r galon, i sgwennu nofel. Gwneud yn siŵr bod degau o filoedd o eiriau yn talu am eu lle, a chadw un llinyn storïol yn dynn drwy'r cyfan? Dydi'r dasg honno ddim yn un dwi'n barod i'w hwynebu eto.

Ond dwi'n credu 'mod i'n bod yn annheg efo fi fy hun hefyd, oherwydd mae sgwennu stori fer yn ei hun yn gamp, yn ddisgyblaeth, yn chwip o sgil i'w meithrin a'i mireinio. Wedi'r cwbl, meddyliwch sawl cyfrol o straeon byrion sydd wedi ennill y Fedal Ryddiaith dros y blynyddoedd?! Mae'n amlwg bod yna rywbeth gwerth chweil wrth galon y math hwn o sgwennu, a dwi'n un sy'n sicr yn bachu ar bob cyfle i ganu ei chlodydd.

Ro'n i wedi gwirioni felly pan ddaeth y cynnig i feirniadu cystadleuaeth stori fer gwasgnod Sebra. Fel canllaw, fe gynigiais i'r themâu 'goleuni' neu 'heddwch' i'r cystadleuwyr. Y dasg wedi'r beirniadu oedd golygu gwaith y tri enillydd, yn ogystal â dethol tri awdur profiadol i gyfrannu straeon byrion gwreiddiol. Doeddwn i ddim wedi sgwennu stori fer ers cyhoeddi *Rhyngom*, felly pan ofynnodd Gwennan am stori gen i hefyd, mi deimlais i'r parchedig ofn hwnnw fydda i'n ei deimlo'n aml ar ôl cyfnod o segura. Ond mi ges i'r ffasiwn fwynhad o'i sgwennu, ac ro'n i'n teimlo'n saff yng nghanol gwaith awduron cwbl arbennig eraill.

Cyn mynd ati i siarad am y buddugwyr, dyma ddiolch yn fawr iawn i bob un a gystadlodd. Roedd pob ymgais yn ddarnau ag ôl ymdrech a chalon arnynt, ac mae hynny'n destun dathlu. O'r holl geisiadau, roedd yna saith cais o safon uchel, a bu llawer o waith pendroni. Ond roedd yn rhaid gwneud penderfyniad a dwi'n fodlon iawn gyda'r penderfyniad hwnnw. Neges i'r rhai na ddaeth yn fuddugol y tro hwn – peidiwch â cholli calon. Mi fyddwn i wrth fy modd yn darllen rhagor o'ch gwaith chi yn y dyfodol, felly daliwch ati i gystadlu ac i sgwennu.

Rŵan, y buddugwyr! Mi ddywedaf i ddechrau mai'r stori fer sydd wedi aros efo fi ers dyddiau 'rysgol ydi 'Moelwyn Wy Melyn' gan Eigra Lewis Roberts. Esyllt Maelor ddaru fy nghyflwyno i'r stori hon a dwi'n cofio gwirioni ar yr elfennau seicolegol oedd yn drwch drwyddi. Dwi'n dal i feddwl am y stori bob tro bydda i'n arogli lafant. Mae hi'n stori ddwysbigol, sy'n mynd at wraidd trawma a'i effaith ar ddyfodol yr unigolyn sy'n ei brofi.

Ro'n i felly'n groen gŵydd i gyd yn darllen stori Sara – 'Yr Ysbyty' – gan fod tebygrwydd mawr rhwng stori Eigra a'r stori newydd hon oedd wedi glanio o fy mlaen. Ond ar yr un gwynt, mi ddyweda i bod 'Yr Ysbyty' yn ddarn gwreiddiol o sgwennu hefyd – un hynod fachog a gwyrdroëdig, ac un sy'n llawn teimladau haenog a chymhleth sy'n deillio o weithredoedd dieflig un dyn. Yn ogystal â'r cynnwys ei hun, mae sgwennu Sara yn ymatalgar a diwastraff, ac yn gafael fel gefail ynoch o'r dechrau.

Felly hefyd gydag 'Y Waywffon' gan Math. Roedd yna

frawddegau yn y stori hon oedd yn cipio fy ngwynt, ac roedd rhaid imi fynd yn ôl a darllen, drosodd a throsodd, i deimlo drachefn y grym roedd y geiriau yn eu cario. Mae yna ddistryw mawr yn y stori hon, ond tynerwch hefyd. Mae hi'n stori sy'n edrych ar beth ydi bod yn berson dynol sy'n teimlo, ac at hynny, sut mae teimladau cynhenid a chyflyru hanesyddol yn aml mewn cwffas â'i gilydd.

Mae 'Awgrym o Wawr' gan Steffan yn stori am unigolyn sydd ar bigau'r drain. Mae adeiladwaith y stori'n gain a bwriadol, a chawn ymdeimlad o'r dechrau ein bod yn cael ein harwain at benllanw. Mae'r stori'n ddyrys, ond mae'r sgwennu'n ofalus a theimladwy a'r diweddglo'n obeithiol dros ben. Gyda'r ymdriniaeth gywir, mae sgwennu am iechyd meddwl yn medru cyffwrdd â dyfnderoedd pobl, ac mi wn y bydd stori Steffan yn help garw i lawer o bobl.

Gyda'r awduron profiadol wedyn, roedd gen i dri enw parod yn fy mhen – Mererid Hopwood, Aled Jones Williams ac Alun Davies. Pan ddaeth gair yn ôl gan y tri yn datgan eu parodrwydd – a'u brwdfrydedd! – dros gyfrannu, ro'n i wrth fy modd. Mae eu straeon yn dangos eu doniau eithriadol a'u gallu i hydreiddio i mewn i feddyliau eu cymeriadau. Cymeriadau llawn ffaeleddau, sy'n ceisio gwneud y gorau gallan nhw i ddod o hyd i heddwch, neu oleuni. Darllenwch, ac fe welwch mai meistri sydd wrth eu gwaith yma. Mererid, Aled ac Alun: diolch filoedd.

Cyn cloi, mae'r diolch olaf i Gwennan ac i wasgnod Sebra. Roedd *Ar Amrantiad*, a olygwyd gan Gareth Evans-Jones, yn llwyddiant ysgubol, ac mae cael chwarae rhan fach yn nilyniant y gyfrol honno'n dod â llawer o lawenydd i mi. Ystyriwch pa mor wych ydi'r syniad, mewn difrif: tri awdur newydd sbon a thri awdur profiadol yn dod at ei gilydd rhwng dau glawr. Awduron profiadol wedi arfer cyhoeddi, wrth reswm, ond yr awduron newydd yn cyhoeddi am y tro cyntaf. Pa mor arbennig ydi hynny? Sebra a Gwennan roddodd y cyfle hwnnw i bobl, a diolch byth amdanynt.

Mwynhewch y darllen – byddwch yn barod i ryfeddu at y cynnwys ac i wirioni ar hyfrydwch y stori fer.

Erin

Lucian

MERERID HOPWOOD

'Tafla hi!' Ond doeddwn i ddim eisiau ei thaflu. Roedd hi'n newydd sbon. Y bêl. Ac er nad yw llun du a gwyn yr albwm yn awgrymu hynny o gwbl, roedd hi'n lliwgar fel yr haf. Fy mhêl i oedd hi. Prin y gallwn ei dal yn fy nwylo tair blwydd oed, ond o'i dal, doeddwn i ddim am ollwng gafael.

'Tafla hi!' Llais Mrawd Mawr drachefn. 'Dere mlan!' Ac ymhen hir a hwyr fe'i teflais. Am wn i. Chofia i ddim beth ddigwyddodd wedyn. Ond yn y llun sy ar y dudalen nesaf, â ninnau'n dau, Mrawd Mawr a minnau, yntau'n sefyll â rhaw yn ei law, minnau'n eistedd yn palu â'm dwylo a thyrau tywod rhyngom, gwn, heb orfod troi'r papur gwydr, mai wrth ei ochr yntau y mae hi. Y bêl.

Gwn? Nid i sicrwydd.

I sicrwydd y gwn, fodd bynnag, waeth ble mae'r stori hon yn dechrau, yn yr un man y mae hi'n gorffen. Bob tro.

Y tro yma, dechreuais hi gyda'r llun, ac mae hynny gystal ag unman.

*

Mae angen sŵn i adnabod tawelwch. Sŵn fel gwich cadair wiail. Gwich gysurus nid cras. Y math o wich sy'n dweud:

mae'n dawel yma. Mam oedd piau hon. Y gadair. A heddiw, rwy'n eistedd ynddi'n ceisio rhoi'r gorau i smygu. Ddwy awr yn gynharach, am hanner dydd yn ôl fy ffôn, roeddwn wedi taflu llond *sleeve* o sigaréts i'r bin. Awr yn ddiweddarach, un o'r gloch felly, roeddwn wedi codi mewn prudd-lewyg a'i hachub hi. Y llawes. (Llawes!) Ac fel petai rhywun yn fy rheoli o bell, roeddwn wedi gweld fy llaw yn tynnu'r llawes o'r bin, tynnu pecyn ohoni, tynnu sigarét o'r pecyn a chynnau matsien.

Yna, a hithau ychydig cyn un funud wedi un, ochneidiodd cloc cloff y mantelpîs a'm dadebru.

Diffoddais fflam y fatsien. Estynnais y ffiol sebon-golchi o'r silff ger y sinc a'i gwasgu'n dynn uwch y badell. Llenwais honno â dŵr ac, fesul un, trochais ddau gant o sigaréts newydd yng ngoleuni'r swigod llawen.

'A wyt ti, Lucian Edwards, yn edifarhau am dy bechodau ac yn ymwrthod â drygioni?'

'Ydwyf...'

(Fyddai 'ydw' jyst ddim wedi gwneud y tro.)

Lucian. Yr unig Lucian yn yr ysgol fach. Yr unig Lucian yn yr ysgol fawr. Yr unig Lucian ifi wybod amdano erioed.

. Lucian?!

Wel! Onid oeddet ti, ddeufis yn gynnar, wedi dod yn syrpréis ar y Costa del Sol? Ac onid oedd y fydwraig neis yn yr uned frys lân, loyw wedi esbonio mai ffordd y Sbaenwyr o ddweud 'geni plentyn' yw dweud 'rhoi golau iddo'? Ac onid oeddwn i wedi dwlu ar hynny? Ac onid ystyr Lucian yw 'golau'? 'Se ti 'di bod yn ferch, 'se ti 'di bod yn Claire.

Mae'n ddau o'r gloch nawr. Mae'r ffags yn ffycd. Ac, am wn i, mae hynny'n beth da. Codaf i dacluso fy fflat-un-stafell.

Rwy'n disgwyl ymwelydd. Bu yma o'r blaen, ond heno fydd y tro cyntaf inni gael bod ar ein pennau ein hunain. Hi a fi.

Agoraf y ddwy ffenest naill ben i'r fflat. Mae'r awel groes yn llesol, ac i gyfeiliant y gwanwyn hwyr, hwfraf yn lân bob modfedd o'r carped melynfrown. Polisio. Codi'r cloc cloff. Gweld yr amlen y tu ôl iddo. Ei gadael hi yno. Yno. Yn yr union fan lle y bu ers y dydd yr estynnais amdani o'm cês a phenderfynu ei hagor. Cyn penderfynu peidio â'i hagor wedi'r cyfan.

Tri o'r gloch. Gorffennwyd. Ffit i frenhines. Does dim angen bod yn gyfoethog i fod yn lân. Mae pob dim fel pìn mewn papur. Y drysau'n wyn fel y carlwm. Y seidbord yn frown fel castan. Yr arwynebeddau'n sgleinio fel gwddwg potel.

Rhoi'r gorau i'r smygu? Wrth gwrs y gelli di! Oni lwyddaist ti i roi'r gorau i'r yfed?

Anelaf yn ôl at y gadair wiail, ond yn gyntaf, rhaid cau'r ffenestri. Mae arna i hiraeth am y tawelwch. Caeaf y ffenest flaen, ac mae'r un darn o wydr eisoes yn mwfflo swae'r gwylanod a'r chwarae plant. At y ffenest gefn. Ond rwy'n rhy hwyr. Wrth ei thynnu ar hyd styfnigrwydd ei chortyn hen, daw grwndi didrugaredd peiriant torri gwair i ddolurio fy nghlust. A chlywaf arogl glaswellt ffres, marw.

*

Ok. Listen up. You're here to learn.

Learn to cut the grass before it grows out of control.
Chwerthin winc-winc.
Learn to pull the weeds before they overrun the lawn.
Chwerthin rêl-boi.

Learn to step on the ants and walk on.

Chwerthin hogia-go-iawn.

Ac yn sŵn y *squadron-leaders* a'u chwerthin 'ni-fois-yn-deall-ein-gilydd', edrychodd y cyw beilotiaid yn betrus ar eu traed. O leiaf, dyna wnes i. A chan fy mod i'n edrych ar fy nhraed, doedd gen i ddim syniad ar beth oedd y lleill yn edrych. Sylwais mor wydrog o loyw oedd fy sgidiau, ac mor finiog oedd y plyg yn fy nhrwser. Miniog fel cyllell gig.

Roedd Dad yn gwybod cryn dipyn am gyllyll ac yntau'n gigydd yn Tesco. A syniad Dad oedd yr holl 'fynd i'r Armi'. Roedd Mam yn llwyr yn erbyn y peth. Ond pan ddaeth bore'r canlyniadau TGAU, a'r prawf diymwad nad oeddwn i'n mynd i ddilyn llwybr Mrawd Mawr i'r Chweched ac i'r coleg, roedd stondin y lluoedd arfog yn llafn o olau ar dywyllwch y dydd.

Ti'n hoffi gemau cyfrifiadur? Gallu dala *joystick*? Ffansi gweld y byd?

'Cer amdani, achan!' Llais Dad.

Ac mi es.

Ac er gwaethaf protest Mam a mawr syndod i bawb, roeddwn i'n dda. Yn rhagorol o dda. Heb orfod sgrifennu na darllen braidd dim, hedfanais i frig y dosbarth.

Ond pan ddes i adre ar fy *leave* cyntaf, dysgais nad fi oedd yr unig un i gael blas ar hedfan.

'Ble mae Dad?'

'Y bastard wedi gadael y nyth.' Llais Mrawd Mawr.

Dechreuodd Mam lefen. Edrychodd Mrawd Mawr yn flin arna i. A ddwedwyd dim mwy am y peth.

Dros swper y noson honno o hydref, rhoddais amlen i Mam. Fe'i hagorodd. 'Top!! Lucian?!' Roedd hi'n gwenu. Toddodd y naws ryw ychydig. 'Roedd Mrs Cymraeg yn iawn!

Wastad yn dweud dy fod ti'n ddirgelwch. Chlywodd hi neb fel ti am drin geiriau na gweld neb fel ti am fethu â'u rhoi nhw ar bapur. O! Bydde hi mor browd ohonot ti!'

Ond roedd hi a fi'n gwybod yn iawn na fyddai Mrs Cymraeg yn browd. Doedd hi ddim yn hoffi'r Armi. Onid oeddwn wedi ei gweld hi'n crynu wrth ddweud hanes Hedd Wyn? Ac onid oeddwn i wedi ei chlywed hi'n dweud 'cywilydd' yn dawel o dan ei gwynt?

Pan es i 'nôl i'r gwersyll, cefais wybod fy mod wedi cael fy newis i fynd i America. Fi (am fy mod i ar y top) ynghyd â Mêt (nesaf at y top). Roedden ni'n cael mynd i ddysgu sut i hedfan drôns go iawn. Cynllun cyfnewid. Rhwng ffrindiau. Ac onid oedd yr UK a'r UDA yn ffrindiau gorau?

Dydy hedfan drôn ddim 'run peth â bod yn beilot. Dim ond mater o ddysgu torri gwair, tynnu chwyn, a sefyll ar forgrug yw hi. Mae'n saff. Wedi'r cyfan, onid oedd y bastard gelyn dros wyth mil o filltiroedd i ffwrdd? Roedd y cwbl mor ddiniwed â'r prynhawn hwnnw yn Aberporth pan aeth Dad a Mam a Mrawd Mawr a fi i gael hufen iâ ond bod Mam wedi anghofio ei phwrs, a gyda lwc roedd dolffiniaid yn nofio'n braf yn y bae. Ac onid oedd hynny'n well na hufen iâ?

Mae drôn yn debyg i ddolffin llwyd, llyfn. Dolffin gydag adenydd.

Mater o ddysgu sut i reoli'r camera a'r laser oedd hi, a chasglu gwybodaeth am fynd a dod beunydd-beunos pobl mewn gwledydd nad oeddwn prin wedi clywed sôn amdanyn nhw. Ac mewn cadeiriau esmwyth a swyddfa ddiddos, o dipyn i beth, do, dysgais ladd.

Ac ymhen amser, daeth fy awr fawr innau. Tri dyn, un camel, yn ôl y sôn, yn smyglo parsel o ffrwydron er mwyn ymosod ar luoedd yr UDA. Y Predator oedd ar waith gen i. Ac o'i safle i fyny fry, tua ugain mil o droedfeddi a phedair milltir o fôr, ymhell o glyw a golwg y tri ar y ddaear, fe'i rheolais i'w dilyn am oriau. Pwyll piau hi. Dilyn, dilyn. Eu dilyn yn disgyn i waelod y dyffryn. Yna, wedi i bob un ohonynt roi ei ben bach i lawr i gysgu, gollwng gafael ar yr Hellfire o grombil yr ysglyfaethwr.

High-fives gan bawb. 'Wel, wel. Top 'to,' meddai Mêt. *Popped-the-cherry party* i Lucian i ddathlu ei siot gyntaf.

A holodd neb tybed pam nad oedd arfau'r tri gŵr wedi ffrwydro wrth i'r taflegryn eu chwalu'n llwch.

A gwthiais innau'r cwestiwn mor ddwfn ag y gallwn i rywle anghyffwrdd o'm mewn. Lladd cydwybod. Dyna'r cam nesaf. Am wn i.

Ac felly y bu am fisoedd lawer. Bob dydd. Mynd i'r gwaith, chwarae gyda'r *joystick*. Torri'r gwair. Tynnu'r chwyn. Sefyll ar y morgrug. Gadael y gwaith. Diod bach gyda Mêt. Peint o lager i fi. Potel o win iddo fe. Neu ddwy.

Yna un noson, cyhoeddodd Mêt ei fod yn gadael. Jyst fel 'na.

'Top,' meddai, 'dwi'n mynd.'

Roedd eisoes wedi dweud wrth y *squadron leader* ac wedi derbyn y dibrîff a'r amlen a'i hagor hi: **1,331**.

Byddai'n gadael yn y bore. Wyddwn i ddim beth i'w ddweud. Archebais botel o win. Neu ddwy. Falle dwy.

*

Drannoeth ffoniodd Mam. Am y tro cyntaf ers misoedd, roedd hi'n swnio'n hapus. Gorfoleddus, hyd yn oed. Roedd ganddi newyddion da o lawenydd mawr. Roedd Mrawd

Mawr a'i Gariad yn disgwyl babi. Roedd Mam yn mynd i fod yn fam-gu, a finnau'n wncwl. Wncwl Lucian.

Ac felly y bu.

'Nôl â fi i balu ymlaen â bod yn beilot. 99% dyfalbarhad diflas ac 1% cynnwrf adrenalin. Un o dair shifft bob dydd. Wyth y bore tan bedwar y pnawn; pedwar y pnawn tan hanner nos; hanner nos tan wyth y bore. Cyrraedd hanner awr ymlaen llaw, cael asesu lefelau parodrwydd: cwsg, iechyd, straen. Trafod: y tywydd, cyfarwyddiadau a chenhadaeth y dydd.

*

'No doubters' oedd ar fy rhestr i'r diwrnod hwnnw. Dihirod 100%. A bûm yn eu dilyn am oriau. Dilyn y llond dwrn ohonynt, ac wrth i eiliad y gollwng gafael agosáu, daeth clwstwr o gysgodion bychain bach ar draws y sgrin. 'Fun-sized terrorists', *aka* 'plant'.

Ond wrth baratoi at anelu'r taflegryn drwy'r cysgodion at y targed, daeth yr hunllef ataf, yr un rwy'n ei gweld bob nos ac yn ei hanghofio bob bore…

> Rwy'n palu ar ddibyn mynydd mewn anialwch, ond rwy'n clywed grwndi oddi fry. Rwy'n clywed sawr llosgi. Ond dydy tywod ddim yn gallu llosgi. Ond mae'r tywod hwn *yn* llosgi. Rwy'n ceisio gwneud lle diogel i barsel. Babi sydd yn y parsel. Ond rwy'n stopio palu.
> Mae corff camel ger fy nhraed. Mae'r grwndi'n is ac yn nes. Rwy'n taflu fy hun dros y babi. FFRWYDRAD! Deffro.

'You ok?'

'No.'

'Someone take-over. This Welsh dumbass has lost it.'

Mam. Rwy'n dod adre.

A dyna ni. Des i adre. Jyst mewn pryd i fedydd Seren. Ac angladd Mam. (Ydy'r Sbaenwyr yn dweud 'dwyn y golau' am farw?)

*

Mae heno'n noson o bwys. Mae Mrawd Mawr a'i Gariad yn mynd allan, ac rwyf i, Wncwl Lw, yn cael gwarchod.

Pedwar o'r gloch ar ei ben. Mae Mrawd Mawr yn falch o'i brydlondeb. Bzzz yr intercom. Clywed y drws ar y llawr gwaelod yn agor. Mynd i ddisgwyl ar ben y grisiau â thedi bêr yn fy llaw. Mae carped y grisiau wedi treulio. Mae hynny mor amlwg heddiw. Cywilydd. Ond mae'r grisiau y tu hwnt i ffiniau f'eiddo i.

Daw Mrawd Mawr yn drymlwythog tuag ataf. (Faint o stwff sy angen ar un babi am un gyda'r nos?) Y tu ôl iddo, daw ei Gariad â Seren yn ei breichiau.

Ac erbyn i Mrawd Mawr osod y crud a'r cyfarpar a rhoi'r cyfarwyddiadau am hyn a'r llall ac arall, ac erbyn i'w Gariad bwysleisio nad ydyn nhw'n mynd i fod yn hir ac y dylwn i ffonio'n syth os oes problem, mae awr gyfan wedi mynd.

'Are you sure you'll be ok?' medd hithau.

'Of course,' meddaf innau, heb fod, bellach, yn siŵr o gwbl.

'She should sleep until we come back. Don't pick her up – unless she cries, of course.'

'Of course,' meddaf innau drachefn.

'Ffonia os bydd rhywbeth.' Llais Mrawd Mawr.

O'r diwedd, ânt allan. Caeaf y drws a mynd yn syth at y crud i syllu ar Seren.

Mae babis, fel y môr, yn hawlio eich llygaid. A rhaid bod Seren fach wedi hawlio fy llygaid innau am awr gyfan heb imi feddwl am na sigarét na sip o ddiod, oherwydd pan ddaw sŵn bzzz yr intercom am yr eildro, mae cloc cloff y mantelpîs yn hercian chwech.

Pwysaf y botwm.

'Pwy sy 'na?' sibrydaf.

'Mêt.'

'Mêt?!'

Pwysaf y botwm mewn penbleth a chlywed y drws gwaelod yn agor.

Mae Mêt yn sefyll yn nrws y fflat, rycsac ar ei gefn a golwg y diawl arno.

'Mêt!?' sibrydaf.

'So ti'n falch o 'ngweld i?'

'Ssshhh! Mae'r babi'n cysgu.'

'Babi?!'

'Babi Mrawd.'

'Ti isie i fi fynd?'

Ydw. Dwi isie iddo fynd.

'Dim o gwbl. Dere mewn.'

Mae'n eistedd yn drwm yng nghadair Mam ac mae'r wich yn gras. Mae Seren yn stwrian.

Rwy'n tynnu stôl yn agos ato i safio siarad yn uchel, a gosod bwrdd bach rhyngom.

'Rhaid i ti fod yn dawel. Y babi. Mae'n cysgu.'

'Sori.'

Rwy'n cynnig dished o de iddo, ond mae e'n datglymu ceg ei rycsac ac yn estyn dwy botel o win rhad. Mae'n agor y ddwy ac yn gwthio un tuag ata i.

'Dim i fi.'

Saib.

'A sut mae bywyd yn trin Top?'

'Iawn, Mêt.'

'A tithe?'

'Grêt.'

Mae e'n edrych o gwmpas y fflat-un-stafell ac rwy'n gweld ei fod yn siabi.

'Neis. Glân,' medd Mêt.

Saib.

'Benefits yn shit.'

Mae e'n iawn, wrth gwrs.

Â'i ên mae'n pwyntio at y crud, 'Babi da?'

'Perffaith.'

'Ti'n siŵr ti'm isie?' mae'n estyn y botel eto.

'Siŵr.'

Saib.

'So, pam ddest ti 'nôl, Top?'

''Run rheswm â ti, siŵr o fod.'

Yna, mae ei lygaid yn dal yr amlen y tu ôl i gloc cloff y mantelpîs.

'Faint?'

'Sa i'n gwbod.'

Saib.

Mae'n chwilota yn ei rycsac.

'Sigarét? Stash o'r US. Un pecyn ar ôl.'

'Dim i fi. A chei di ddim smygu fan hyn. Y babi. A'r landlord.'

Mae'n codi, sigarét yn un llaw *lighter* yn y llall, ac yn mynd am allan. Rwy'n llwyddo i ddal y drws cyn iddo gau'n glep ar ei ôl a'i wthio'n dawel i gwrdd â'r ffrâm. Cip ar Seren. Mae hi'n cysgu mor drwm nes fy mod i'n gorfod rhoi blaen fy mys ar ei chalon. Ydy. Mae'n anadlu.

Mae arogl y gwin ac ôl Mêt yn codi cyfog arna i. Rwy'n agor y ffenest flaen. Mae grwndi'r peiriant torri gwair yn parhau. Rwy'n ei chau'n dynn.

Ac yna, ar y bwrdd bach rhwng cadair wiail Mam a'r stôl, rwy'n gweld y pecyn melynfrown.

Rwy'n dechrau crynu. Pwyll piau. Ond rwy'n crynu, crynu. 'PWYLLA!' Rwy'n taflu'r tedi bêr dros y pecyn. Ond rwy'n methu'r targed. Pwylla. Pwylla. Ond mae'n edrych yn ôl arna i. Y Camel. Ac mae potel ar agor. Ac rwy'n ei chodi at fy ngwefus. Rwy'n cymryd sip. Mae'r crynu'n dechrau arafu. Sip arall. Estyn mỳg. Ei lenwi hyd y top. Ei yfed hyd y gwaelod. Mae'r crynu'n stopio.

Bzzz. Rwy'n pwyso'r botwm ac mae traed trwm Mêt yn esgyn carped treuliedig y grisiau tuag ata i.

Rwy'n agor y drws.

'Sssshh. Mae'r babi'n cysgu.'

'Shhht!!'

'Sori.'

Ar ôl inni wagio'r ail botel mewn tawelwch, mae'n tynnu un arall o grombil ei sach.

Bourbon.

Mae'n arllwys llond mỳg yr un.

A rhywle rhwng y sip cyntaf a'r ail mae'r naws yn newid. Mae'n aeaf.

'Agor yr amlen.'

'Na.'

'Pam?'

'Dwi ddim isie.'

'Ofni colli dy le ar y top, ife, Top?'

Saib hir.

Rwy'n cymryd cegaid o'r wisgi nes iddo losgi cefn fy llwnc a llithro i'r lle anghyffwrdd o'm mewn, ac rwy'n gwylio Mêt yn pendwmpian.

Mae Seren yn cysgu.

A rhaid fy mod innau wedi cysgu fymryn hefyd.

Tan i'r cloc cloff ochneidio saith ac rwy'n ei ddiawlio o dan fy ngwynt. Mae Mêt yn troi. Mae'n codi. Mae'n estyn yr amlen.

Mae'n gweiddi, 'AGORA HI!'

'Ssssht. Plis.'

Mae Seren yn stwrian.

'Agora hi!' drachefn mewn sibrydiad cras. 'Os na wnei di, mi wna i.'

Codaf. Rwy'n ceisio tynnu'r amlen oddi arno. Ond mae'n gwrthod gollwng gafael. Mae'n fy ngwthio i 'nôl. Mae cyllell boced yn ei law. Ac rwy'n gweld ei llafn yn agor y sêl. Mae ei lygaid gwyllt yn darllen.

'1,33… 2. BASTARD!'

Mae Seren yn deffro. Rwy'n mynd at y crud.

Mae Mêt yn symud yn nes ata i – yr amlen mewn un llaw a llafn y gyllell rhwng bysedd dwrn y llaw arall, ac rwy'n barlys gan ofn meddw.

Rwy'n lledu fy nghorff dros y crud.

'BASTARD!'

Mae Seren yn dechrau crio.

Mae Mêt yn camu 'nôl. Mae'n casglu ei bethau i'w rycsac a mynd am y drws.

Mae'n troi: 'Ti isie'r amlen?'

Ysgydwaf fy mhen.

Saif ar y trothwy a chynnau *lighter* a'i dal at gornel yr amlen.

Rwy'n ei wthio drwy'r drws a chau hwnnw'n glep.

Rwy'n clywed sŵn ei draed yn baglu'n drwm ar y carped llwm ac am allan…

Rwy'n edrych ar y cloc nad yw ei fartsio cloff bellach yn gwarchod dim. Mae bron yn wyth. Byddan nhw 'nôl unrhyw funud.

Rwy'n tacluso olion yr yfed. Mae Seren yn fy mraich yn llefen a llefen.

Ac onid dyna pryd mae'r larwm tân y tu allan i'r drws yn seinio?

Ac onid dyna pryd mae'r mwg yn dechrau sleifio o dan y drws?

Ac onid dyna pryd mae fy ffôn yn canu?

Ac onid dyna pryd mae Mrawd Mawr yn gweiddi?

'Lucian! Tân! Agora'r ffenest!!'

Ac onid dyna pryd rwy'n agor y ffenest styfnig ag un llaw?

Ac onid dyna pryd rwy'n clywed: 'Tafla hi!'?

Ond dwi ddim eisiau ei thaflu, ddim eisiau gollwng gafael. Fy mabi i yw hi.

'Tafla hi!' Daw'r llais drachfen. Llais Mrawd Mawr.

'Tafla hi! Lucian! Tafla hi, Tafla hi.'

Ac fe'i teflais.

Am wn i.

Yr Ysbyty

SARA MITCHELL

Mae 'na rai pobl yn casáu ysbytai. Yr arogl, y coridorau hir, tywyll, y nodwyddau a'r tabledi a'r boen. Gwybod bod pobl yn marw yno. Gwybod bod 'na gyrff yno'n rhywle. Ond dwi wrth fy modd â nhw. Wastad wedi bod. Mae'r ysbyty fel peiriant mawr sydd byth yn diffodd. Ac mae angen i bob rhan o'r peiriant hwnnw weithio'n iawn. O'r meddyg uchaf un i'r porthorion a'r glanhawyr, mae gan bawb ei ran i chwarae. Wel, ry'n ni i gyd yn gwybod beth all ddigwydd os na fydd pawb yn gwneud ei ran yn 'dyn ni? Mae'n gallu dod â'r byd i stop.

Dyna pam o'n i am weithio mewn ysbyty. O'n i wedi breuddwydio ers chwarae gyda'm dolis yn ferch fach – eu cwtsho nhw, rhoi llaeth iddyn nhw, newid eu cewynnau nhw, rhoi bandejys pan fydden nhw'n cael dolur – fy mod i eisiau bod yn nyrs. 'Anwen Parri,' chwarddodd Mr Davies Biol ym Mlwyddyn 9, 'bydde mwy o siawns gan froga fod yn nyrs. Sticia di at lanhau toilets a fyddi di byth mas o waith.' Ac wrth i'r piffian chwerthin gynyddu fel ton drwy'r dosbarth, wrth i'r gwrid godi o'm traed i'm corun a'r dagrau ddod i bricio cefn fy llygaid, teimlais ryw gynhesrwydd anesmwyth yn llifo dros y sedd. Cododd gwên greulon ar wyneb yr athro, 'A gelli di ddechrau drwy lanhau dy sedd dy hun, yr hen hwch. Meddylia amdano fel profiad gwaith!' A chwarddodd ar ei jôc ei hun.

Ches i erioed gymaint o ddiolch am fy ngwaith nag yn ystod cyfnod Covid-19. Llythyr drwy'r post gan y Prif Weinidog, pobl bwysig yn diolch i ni ar y teledu, a phawb mas yn clapio bob nos Iau. Yr un oedd y diolch i'r doctoriaid, y nyrsys, y ffisios, ac i ni'r glanhawyr. Pob un cyn bwysiced â'i gilydd. Am unwaith. Ond dyw 'diolch' a chlapio wythnosol ddim yn talu'r biliau, nadyn? 'Se well gen i gael *hundred quid*, diolch yn fawr. Ond o'n i'n teimlo'n bwysig, rhaid dweud. Cawson ni hyfforddiant arbennig ar sut i lanhau'n 'iawn' – fel tasen ni ddim yn gwneud hynny fel rheol! Roedd 'na rywbeth reit *addictive* am gael y pŵer o gael penderfynu a oeddet ti'n mynd i helpu i gael gwared ar y *killer germs* neu beidio. Mor bwerus â llawfeddyg â *scalpel* yn ei law. Pawb yn eu PPE yn cuddio tu ôl i'w masgiau, yn cadw pellter a phympiau *gel* ym mhob cornel. Pawb yr un mor bwerus â'i gilydd. Pawb yr un mor wan â'i gilydd. Joies i'r cyfnod hwnnw, rhaid cyfaddef. Ond buan daeth i ben. Buan y diflannodd y PPE a'r masgiau, buan yr es i 'nôl i fy iwnifform marŵn, pob carfan yn ei lliw ei hun i ddynodi hierarchaeth yr ysbyty. A fi 'nôl ar waelod y peil. Ond bob yn hyn a hyn, dwi'n dal i joio dychmygu beth fyddai'n digwydd petawn i'n dewis peidio glanhau un stafell, un ward, un chwydfa, un pwll o waed. Wedi'r cwbl, 'sneb yn gweld y *germs*, nac oes? Tan ei bod hi'n rhy hwyr...

Un peth am fod yn lanhawraig – *actually*, un peth am fod yn fenyw yn dy bedwardegau sy'n glanhau – yw dy fod ti'n anweledig. Roedd hynny'n arfer fy ngwylltio i'n gacwn. Dim helô, dim diolch, dim bore da, dim gwên. Cerdded heibio, a dim sylwi o gwbl. Ond doedd dim pwynt gadael i hynny fy mhoeni neu fydden i'n grac drwy'r dydd, bob dydd. Fe ddysgais i sut i fanteisio ar y sefyllfa ro'n i ynddi. Manteisio ar y ffaith 'mod i'n anweledig.

Fe allen i fod yn glanhau rownd stesion y nyrsys, ac yn clywed beth oedden nhw'n ei ddweud am y fenyw flin yn stafell tri, neu 'honna eto' ym mae pedwar, neu regi bod y nyrs ar y shifft nos heb gofnodi rhyw fanylyn pwysig, neu'n dweud bod dim gobaith gyda'r hen wraig fynd mas o 'ma'n fyw, cyn dweud wrth y teulu eu bod nhw'n 'gwneud popeth posibl', wrth gwrs. Digwydd bod yn glanhau tu fas i ddrysau cilagored y doctoriaid fydden i pan maen nhw'n trafod rhyw glaf, neu'n edrych pwy sy'n eistedd yn stafell aros y fydwraig, neu'r lle sganio babis. Gweld a ydw i'n nabod rhywun.

Mae dyfalu'n gêm dda hefyd. Edrych ar rywun yn y caffi, yn y gwahanol ystafelloedd aros, rhai'n gofyn am gyfarwyddiadau, yn amlwg wedi mynd ar goll. Nid gofyn i fi, fydde neb byth yn gofyn i fi. Na, gofyn i rywun sy'n edrych yn lot pwysicach. Ond dwi'n edrych ar y bobl 'ma i gyd, ac yn ceisio dyfalu pam eu bod nhw yma. Ydyn nhw wedi'u cyffroi neu'n bryderus? Methu'n lân ag aros yn llonydd neu'n hapus i gael hoe am ennyd? Mae rhai pethau'n amlwg, wrth gwrs. Bachgen ifanc mewn cit rygbi mwdlyd yn hercian – wedi troi'i bigwrn. Menyw â bol mawr – mynd i weld y fydwraig. Dyn mewn sling – mynd am *x-ray*. Ond y rheini heb unrhyw beth arbennig amdanyn nhw, y rheini sy'n codi ofn arna i. Y ferch yn y caffi yn twymo'i dwylo ar baned o de, ac yn syllu i'w grombil. Beth oedd yn ei phryderu hi, sgwn i? Y dyn daranodd drwy'r drws rhyw fore gan wthio'r bin i'r llawr a mynd â hanner y sbwriel gyda fe i lawr y coridor. Am bwy oedd e'n chwilio, sgwn i? Beth ddigwyddodd iddyn nhw?

Dwi'n gweld pobl dwi'n eu nabod weithiau, cofiwch. Dyna sy'n digwydd pan ti heb adael dy filltir sgwâr. Er, dydyn nhw ddim wastad yn fy nabod i, chwaith. Weles i rywun p'ddiwrnod, a rhoi hanner gwên o gydnabyddiaeth iddi, ond troi i ffwrdd wnaeth hi. Ni'n ffrindiau ar Facebook, felly es i i fusnesa, yn do. Betsan Jones, ie, dyna hi. Llun hyfryd. Llygaid disglair, gwefusau mawr, *in a relationship*, dau o blant, ci, cath a mochyn cwta. *Loving life*. Ond nid dyna welais i. Na, doedd dim disgleirdeb yn y llygaid, y gwefusau'n sych, ac ar ei phen ei hun yr oedd hi. Yn stafell aros y *breast clinic*. Doedd hi ddim yn gas yn yr ysgol, nac yn arbennig o ffein gyda fi chwaith. Un o'r merched hynny oedd jest yna. Siŵr iddi gael llwyth o Bs yn ei ThGAU gydag ambell i A. Ar y tîm hoci a phêl-rwyd, ond byth yn gapten. Yn y côr a'r sioeau Nadolig, ond byth â'r brif ran. Swydd eitha da yn y Cyngor erbyn hyn, ond ddim yn mynd i newid y byd. Druan â hi. Fe driais i ffeindio mas beth oedd canlyniad yr *ultrasound*, yn amlwg. Hongian o gwmpas y coridor, gweld a glywn i rywbeth, edrych a oedd y ffeil wedi'i gadael ar y ddesg. Ond na. Aeth sawl mis heibio, ac yna, fe welais i hi ryw ddiwrnod, yn gysgod o'r llun ar Facebook, mewn sedd yn yr Uned Chemo. Druan â hi. Yn ei byd bach ei hun, gyda'r *cold cap*, y nodwyddau yn ei braich a'r bagiau uchel yn drip dripian. Gadael iddi fod oedd orau.

Digwydd ei weld e wnes i hefyd, yn y llifft. Mynd o un llawr i'r llall gyda fy nhroli fach lanhau oeddwn i pan ddaeth y gwely i mewn ata i, a nyrs a phorthor bob ochr iddo. Dyw hynny'n ddim byd arbennig, mae'n digwydd sawl gwaith y diwrnod. Gorfod symud i'r cefn wedyn i wneud lle. Roedd y person yn y gwely fel corff. Yn ddim ond trwyn a chlustiau. Ond y llygaid; anghofia i fyth mo'r llygaid hynny. Llygaid dwi wedi'u gweld ganwaith o'r blaen. Ac yn ddwfn yn y llygaid hynny, yr un enaid creulon. Edrychodd y corff yn y gwely i fyw fy llygaid i. Rhewais. Ond doedd e ddim yn cofio ei fod wedi syllu i'm llygaid i ganwaith o'r blaen. Ro'n i'n gallu dweud bod ganddo ddim syniad pwy o'n i, ac roedd hynny'n waeth, os rhywbeth. Yn waeth na phe byddai wedi gwneud rhyw sylw bach creulon neu roi hanner gwên slei. Dim cliw pwy o'n i. Dim cliw 'mod i'n dal i glywed ei chwerthin creulon, yn dal i deimlo'i sarhad yn gwasgu pob breuddwyd oedd gen i, yn dal i deimlo'i freichiau amdana i. Pan ganodd cloch y lifft ar eu llawr nhw, sylwais nad oeddwn wedi anadlu ers i'r gwely ddod i mewn. Ac wrth i'r drws gau, dyma fi'n poeri anadl dros bob man a bwrw'r poteli glanhau dros y llawr i gyd. Gwasgais unrhyw fotwm fedrwn ei gyrraedd, gan obeithio na ddeuai neb arall i mewn. Fe. Ar ôl yr holl flynyddoedd...

Aeth gweddill y diwrnod hwnnw heibio mewn rhyw niwl. Dwi ddim yn cofio pa ystafelloedd fues i'n eu glanhau, a fues i'n siarad â'r glanhawyr eraill neu beidio, a orffennais i ar amser. Rhywbeth tebyg oedd y noson honno hefyd. Yr amheuaeth yn corddi bob yn hyn a hyn. A o'n i'n gywir? Ai fe oedd yn y gwely 'na? Ac yna, cofio'r llygaid. Oedd, roedden nhw bellach yn llwyd lle buon nhw'n las llachar. Roedden nhw'n lot dyfnach yn ei ben, ac yn llai. Roedd mwy o rychau o'u hamgylch a'r amrannau a'r aeliau wedi gwywo. Ond yr un llygaid oedden nhw. Yr un oedd y bwystfil.

Deffrais y bore trannoeth yn syndod o esmwyth, wedi gorffwys mwy na'r disgwyl. Daeth y llygaid llwydaidd hynny i'r meddwl yn syth, ond heb y don o banig arferol. Heb y stumog yn corddi, na'r ysfa i chwydu. Na, y bore hwnnw ro'n i'n meddwl yn glir, ac fe syllais yn hir i fyw y llygaid llwydlas yn fy nychymyg heb droi i ffwrdd. Ei lygaid ef oedd y cyntaf i gau.

Ces gawod a brecwast. Gwisgais fy iwnifform a'm sgidie rhad a pharatoi fy mhecyn bwyd a'm potel ddŵr. Fel pob bore arall, mae'n siŵr, er nad ydw i'n cofio gwneud. Na, dim ond un peth oedd ar fy meddwl i'r bore hwnnw. Doedd e ddim wir yn teimlo fel cynllwyn. Doedd fawr o feddwl wedi mynd i'r peth. Roedd y cyfan yn teimlo'n naturiol, fel bod ffawd wedi taflu cyfle ata i, a bydden i'n dwp iawn i beidio â manteisio ar y cyfle hwnnw. Doedd dim amdani, roedd yn rhaid i fi ei ffeindio fe.

Fe es o gwmpas fy mhethau fel arfer y diwrnod hwnnw. Dilyn yr amserlen fel ro'n i fod. Glanhau fesul ward, fesul llawr, y toiledau, y coridor hwn a'r llall ac unrhyw chwydfa annisgwyl. Am wn i, beth bynnag. Dwi ddim yn cofio lot. Dim ond un peth oedd ar fy meddwl i.

Beth oedd arno, sgwn i? Roedd e'n denau, roedd hynny'n sicr. Yn denau ac yn hen. Roedd ei groen e'n llac, a'i esgyrn yn gwthio drwodd. Ei groen a gwyn ei lygaid yn felyn a diflas. Canser? Problem afu? Henaint? Dementia? Ei gosb gan Dduw? Fe ddechreuais i ar y ward oncoleg ond dim sôn, yna'r ward hen bobl, a jest crwydro'r coridorau yn chwilio. Ond doedd dim brys. Roedd e yma'n rhywle, ac o'r olwg oedd arno'n y gwely yn y lifft, doedd e ddim am adael yn fuan. Doedd e ddim am adael o gwbl.

Fe ffeindiais i e yn y diwedd. Mopio, glanhau, gwrando, chwilio, mopio, sychu byrddau, gwrando, dwsto, gwylio. Yn anweledig. Cydiais yn handlen y drws, ac oedi. Roedd e mewn stafell ar ei ben ei hun. Roedd yn rhaid ei fod e'n sâl felly, yn sâl iawn, i gael y fath fraint. Ac i mewn â fi. Roedd y stafell yn dywyll – yn ôl y disgwyl yn ystod oriau mân y bore ym mis Tachwedd – a bipian y peiriannau a'r anadlu trwm yn gysurus, rywsut. Symudais draw at y gwely, a gwichian fy sgidie ar y llawr oer yn sbwylio rhythmau hamddenol y stafell. Edrychais arno'n cysgu. Ei wallt, ei glustiau mawr, hen, y rhychau dwfn a'i groen yn ddi-liw yn y gwyll. Tynnais y dillad gwely 'nôl rhyw fymryn a gweld y croen llac rownd esgyrn y breichiau, a'r bysedd hir, cam. Gwynegon, yn bendant. Teflais y dillad gwely 'nôl yn gyflym a chuddio'r bysedd. Y bysedd hir a'r dwylo mawr a gydiodd ynof droeon.

Dwi ddim yn siŵr am ba mor hir fues i'n sefyll yno, yn syllu. Dim syniad. Meddwl beth i'w wneud, dychmygu. Roedd yr holl flynyddoedd o wylio a gwrando ar y coridorau wedi dysgu pethau i mi. Ocê, roedd angen pàs arbennig i fynd i'r cwpwrdd meddyginiaethau neu drwy ryw ddrws cadw cemegion, ond Duw, peth digon hawdd fyddai dwyn pàs neu redeg i ddal drws cyn iddo gau. Onid yw'r staff yn rhy brysur i sylwi ar lanhawraig ddi-nod fel fi, p'run bynnag? Y peth hawsaf, mae'n siŵr, fyddai cydio'n y gobennydd a'i wasgu'n dynn, yn dynnach a thynnach i lawr. Yn ôl yr anadlu trwm, fyddai dim angen gwneud hynny am lawer o amser. Neu jest dod â chyllell fawr ac i lawr â hi drwy'r ychydig gnawd a'r esgyrn brau, eto ac eto ac eto. Na. Tasen i'n cael fy nhaflu i'r jâl, wel, bydde fe wedi cael y gorau arna i unwaith eto. Faint yw ei oedran e nawr, 75? 78? Siŵr y byddai *overdose* o forffin yn gwneud y tric. Neu jest dewis unrhyw botel fach o'r cwpwrdd, ei chwistrellu i mewn gyda'r drip a gweld beth ddigwyddai. Aros i weld, ei wylio'n gwingo. Dyw hwn yn y gwely ddim yn ddigon cryf i ymladd rhagor, mae hynny'n amlwg i unrhyw un. Daeth lleisiau o du fas y drws i'm sobri. Mmm, byddai'n rhaid meddwl. Symudodd y lleisiau i lawr y coridor, a sleifiais mas.

'Meddwl amdano fel profiad gwaith!' Daeth y geiriau 'nôl ata i wrth imi gydio yn fy mhaned oer. Y diwrnod hwnnw, roedd y gloch amser cinio newydd ganu pan daflodd rolyn o bapur glas ata i, a mynd i nôl y mop. 'Pedair ar ddeg oed a methu rheoli dy bledren! Twt twt, Miss Parri. Cymera dy amser, a gwna jobyn dda ohoni. Dyw hi ddim fel bod dy ffrindiau'n aros amdanat ti.' Ac aeth i gau'r drws. Roedd y bloc Gwyddoniaeth yn hen ran yr ysgol, yn bell o'r fynedfa a'r iard, ond y diwrnod hwnnw teimlai ymhellach fyth. Doedd dim sŵn na sgrechian na chwerthin na gweiddi. Dim ond fi a fe. Meddalodd ei gorff ychydig a daeth draw ata i. Roedd y dagrau'n llifo erbyn hyn, dagrau tawel. Plygodd lawr ac estyn hances i fi. Edrychodd i fyw fy llygaid cochion a llyfnu fy ngwallt. Codais i roi'r papur gwlyb yn y bin cyn bwriadu dechrau mopio, a sylwi ar yr allwedd yn y drws. Roedd e'n sefyll y tu ôl i mi, ac ro'n i'n gallu teimlo'i anadl drom ar fy ngwar. Rhedodd ei fysedd drwy fy ngwallt, lawr fy ngwddf, cydio yn fy sgwyddau, a'm troi rownd i'w wynebu. Fe es i'n oer ac yn binnau bach drostaf. Methu penderfynu a oedd e'n deimlad neis ai peidio.

Gaslighting ydy'r term diweddaraf, yn dyfe? Dyna oedd hyn, mae'n siŵr. Hynny, yn ogystal â thrais wrth gwrs, camdrin plentyn, torri'r gyfraith – beth bynnag alwch chi fe. Cas, creulon, diawledig. Bod yn hen fastard. Tynnu arna i yn y gwersi, fy rhoi i lawr. Tynnu sylw at bob camgymeriad, pob gwall, pigo, chwerthin, jôcs, pigo, pigo, pigo. Gwasgu, gwasgu, gwasgu. Cosb er mwyn gorfod aros ar ôl ar y diwedd, glanhau ar ôl y wers ymarferol. Yna, 'Paid llefen, paid gorymateb. Dere 'ma. Dim ond jôc oedd hi.' Dim ond jôc.

Fe newidiais i'r diwrnod hwnnw. Heb amheuaeth.

Sylwodd Mam, sylwodd Dad, gweddill y teulu, yr athrawon eraill, a hynny o ffrindiau oedd gen i. Diflannodd pob tân oedd ynof i, a diflannodd pob cyffro am y dyfodol. Gadewais yr ysgol gynta gallen i a chael job yn Spar, yna'n glanhau mewn gwesty lleol, yna'r ysbyty. A dyna lle dwi wedi bod ers ugain mlynedd, yn breuddwydio am beth allai fod wedi bod. Coleg, swydd barchus, teulu, gŵr, plant? Wyt ti'n gallu hiraethu am rywbeth na fuodd erioed? Hiraethu am y bywyd y dylwn i fod wedi'i gael?

Er bod fy shifft wedi hen ddod i ben, doeddwn i ddim am fynd adre. Es i 'nôl i'r stafell dywyll, a dyna lle'r oedd e, yn y gwely, yn union fel yr oedd e bron i ddeuddeg awr ynghynt. Cododd ryw ruthr tu fas i'r drws, lleisiau mawr a sgidie'n sgrialu i lawr y coridor. Ond roedd y stafell hon yn heddychlon. Tynnais y botel fechan o'm poced, heb wybod yn iawn beth oedd ynddi. Ryw enw hir oedd yn swnio fel gwenwyn. Gwenwyn i hen ddyn sâl yn ei saithdegau, beth bynnag. Cydiais yn y botel a'i throi ben i waered, estyn y syrínj, a thynnu'r hylif i mewn iddo. Oedais. Ydw i'n gallu gwneud hyn? Ai dyma pwy ydw i? Ond mae e wedi dwyn fy mywyd fy hun oddi wrtha i, does bosibl ei fod yn haeddu ei gosbi am hynny?

Marwolaethau
Yn heddychlon yn Ysbyty Bronglais ar yr 20[fed] o Dachwedd 2024, bu farw Gwyndaf Alun Davies o Frynteg, Aberystwyth, yn 77 oed. Bydd angladd preifat yn Amlosgfa Aberystwyth ar ddydd Sadwrn y 3ydd o Ragfyr. Blodau'r teulu yn unig.

Y Sŵn

ALUN DAVIES

Eisteddai'r dyn yn gwbl lonydd yng nghysgod ei loches, yn syllu tuag at y gorwel. Hanner canllath o'i flaen roedd tonnau'r môr yn siffrwd ar y traeth, ac uwch ei ben roedd yr awel yn torri ar ddail trwm coeden balmwydd.

Yma byddai'r dyn yn eistedd pob dydd, yn ddisymud fel delw oni bai am ei lygaid oedd yn chwilio, yn craffu, yn astudio'r môr o'i flaen.

Doedd ganddo ddim syniad am ba mor hir yr oedd wedi bod yma ar yr ynys. Hyd yn oed petai wedi trafferthu cadw cyfrif o'r dyddiau ar y dechrau, byddai wedi rhoi'r gorau iddi ers meityn erbyn hyn. Ond roedd wedi bod yn flynyddoedd, yn sicr. Deg, falle? Mwy, siŵr o fod.

Ond roedd amser wedi bod cyn yr ynys.

Doedd y dyn ddim yn hoffi meddwl am y cyfnod yna – Y Sŵn, byddai'n ei alw. Roedd llawer gwell ganddo ganolbwyntio ar yr hyn oedd ganddo nawr.

Heddwch.

Cyfle i feddwl.

Cyfle i fod.

Serch hynny, byddai'n gorfodi ei hun i gofio. Y Sŵn oedd

yn ei atgoffa pa mor bwysig, mor hanfodol, oedd gwarchod yr hyn oedd ganddo ar yr ynys.

Mewn tŷ teras bach cychwynnodd Y Sŵn. Dyna lle cafodd y dyn ei eni a'i fagu, gyda phedair chwaer, tri brawd, dau gi, a rhieni oedd yn casáu ei gilydd. Roedd pob diwrnod o'r blynyddoedd hynny – pob munud o bob diwrnod, pob eiliad o bob munud ers y cyntaf un – wedi bod yn annioddefol. Roedd y tŷ yn orlawn o bobl, gyda Malcolm, ei feddwyn creulon o dad, yn teyrnasu dros y cwbl. Trais, camdrin a bwlio oedd bywyd pob dydd, a sgrechian, dyrnu a chrio oedd synau cyfarwydd y cartref bychan.

Roedd pawb eisiau dianc rhag Malcolm, a rhag ei gilydd.

Diflannodd brodyr y dyn i fyd cyffuriau. Neidiodd ei chwiorydd, un ar ôl y llall, i gyfres o berthynasau byrdymor gyda dynion hŷn oedd ddim yn eu caru na'u hoffi, hyd yn oed, ond oedd o leiaf yn cynnig ffordd allan o'r tŷ teras bach.

Ond doedd neb wir yn dianc o'r anrhefn. Doedd dim lloches i'r dyn, ddim hyd yn oed yn ei ystafell wely, gan ei fod yn rhannu honno gyda'i frodyr, a byddai'r lle o hyd yn llawn cerddoriaeth fyddarol, mwg sigaréts, a chreulondeb a gwawd tuag at eu brawd lleiaf.

Wrth i'r blynyddoedd basio roedd yn rhaid i'r dyn gyfaddef bod y prinder lle yn yr ystafell wely wedi gwella rhyw fymryn. Cafodd Steff, ei frawd hynaf, ei anfon i'r carchar am ladd dyn mewn tafarn, a bu Gwil, yr ail frawd, farw o orddos o heroin. Ond erbyn hynny roedd ei chwiorydd wedi dechrau dychwelyd i'r cartref o'u perthynasau methedig, pob un yn dod ag o leiaf un baban gyda nhw. Gyda hynny fe aeth y tŷ yn fwy swnllyd fyth, a sŵn crio byddarol y babanod yn ychwanegu at dwrw uffernol y cartref.

Erbyn iddo droi'n un ar bymtheg roedd y dyn wedi cyrraedd pen ei dennyn, a bachodd ar yr unig gyfle oedd ganddo i ddianc am byth – fe ymunodd â'r fyddin. Roedd yn ddewis rhyfedd i rywun oedd yn ysu am lonyddwch a heddwch, a doedd ganddo ddim awydd bod yn filwr o gwbl, ond gwyddai petai'n gorfod aros am eiliad arall yn y tŷ teras bach mi fyddai wedi mynd o'i go' yn llwyr.

Er syndod iddo, bu'r dyn yn filwr da – yn ddewr ac yn gyfrwys, a'i fagwraeth wedi ei ddysgu sut i oroesi. Ar ôl cyfnod o ymarfer fe gafodd ei anfon o gwmpas y byd – Irac, Affganistan, Somalia. Ymladd am heddwch, dyna oedd y syniad, ond er bod digon o ymladd, prin iawn oedd yr heddwch. Fe welodd nifer fawr yn marw, o'i ochr ef a'r ochr arall, yn gyd-filwyr ac yn elynion, eu cyrff wedi eu chwalu gan fomiau neu eu rhidyllu gan fwledi. Gallai gofio'r sgrechfeydd o hyd, y lleisiau yn pledio arno, nifer mewn ieithoedd nad oedd yn eu deall. Hyd yn oed ar ôl i'w cyrff fynd yn llipa ac oeri, byddai'r lleisiau'n aros yn ei gof, yn gwrthod gadael llonydd iddo, yn ei ddilyn i bob man.

Ar ôl deng mlynedd roedd y dyn wedi cael digon, ac fe adawodd y fyddin. Roedd y lleisiau, y synau a'r dinistr yn ei ben o hyd ond nawr roedd rhywbeth arall yn boddi hynny. Llais oedd wedi bod yno erioed, yn ddwfn yn ei enaid, yn ymbil, yn gweddïo, yn sgrechian am lonyddwch ac am heddwch. Dianc, unwaith ac am byth. Dianc oddi wrth pawb a phopeth, a chael bod ar ei ben ei hun. Dyna oedd ei bwrpas bellach.

Ac felly, fe deithiodd y dyn y byd yn edrych am ei loches. Fe aeth i Nepal gyda'r bwriad o fod yn fynach. Fe ofalodd am oleudy ar arfordir De Affrica. Fe aeth i weithio ar fferm geffylau unig yng nghanol Awstralia. Ond ym mhobman, roedd yna bobl. A gyda'r bobl, roedd sŵn. A gyda'r sŵn, roedd ymladd a dicter, a'r gofyn i ddianc yng nghanol y nos unwaith eto.

Wythnos wedi iddo adael y fferm geffylau roedd y dyn mewn hostel ym Melbourne, yn yfed potel o gwrw ac yn ystyried sut roedd am ladd ei hun. Dyna oedd y cam call nesaf, y cam olaf, rhesymodd. O leia wedyn byddai'n cael yr heddwch a'r llonydd roedd yn erfyn amdanynt.

Ond yna, wrth bwyso a mesur y sut a'r ble a'r pryd, cafodd sylw'r dyn ei ddenu at fap mawr o'r byd oedd yn hongian ar y wal o'i flaen. Yn fwy penodol, cafodd ei ddenu at gasgliad o farciau bach, pitw yng nghanol y Cefnfor Tawel. Ynysoedd, meddyliodd. Ynysoedd anghysbell, filoedd o filltiroedd o olwg unman ac unrhyw un. Gyda'i galon yn cyflymu a'r syniad o hunanladdiad wedi ei wthio o'r neilltu am y tro, cododd y dyn i astudio'r map yn ofalus.

Fis yn ddiweddarach roedd y dyn ym mhorthladd Majuro, prifddinas Ynysoedd Marshall. Dyma'r tir oedd yn cael ei gynrychioli gan y marciau pitw ar y map. Ar ôl holi a chwilio am dipyn roedd wedi dod o hyd i bysgotwr amheus oedd wedi cytuno (am grocbris, wrth gwrs) i fynd ag o allan i'r Cefnfor Tawel, tuag at yr ynysoedd mwyaf pell ac unig o'r cannoedd oedd yn rhan o'r wlad.

Does neb yn byw ar yr ynysoedd yna, rhybuddiodd y pysgotwr. Fydd dim ffordd i ti ddod yn ôl. Fyddi di ar dy ben dy hun, efallai am byth.

Ond yr unig ateb a gafodd yn ôl oedd gwên lydan, hapus.

A'r siwrnai yna ar y cwch fyddai diwedd Y Sŵn, meddyliodd y dyn, wrth wylio pry copyn maint cledr ei law yn pasio o flaen ei loches – ei goesau hir, blewog yn cyffwrdd â'r tywod yn ysgafn. Diflannodd y creadur o dan ddail trwchus planhigyn cyfagos, a throdd y dyn ei sylw yn ôl at y môr.

Doedd ganddo ddim llawer o gof o gyrraedd yr ynys ei hun. Roedd y pysgotwr wedi angori yn y dŵr dyfnach, a'r dyn wedi clymu ei fag bach am ei ganol – bag oedd yn cynnwys ei gyllell, deunydd ar gyfer cynnau tân ac ambell beth arall. Dywedodd ffarwél yn llawen wrth y pysgotwr cyn neidio i'r môr. Y bwriad oedd diflannu o dan y tonnau a nofio at un o'r ynysoedd cyfagos – gwaith hawdd i ddyn heini, cryf, meddyliodd. Ond roedd y tir yn dwyllodrus o bell, a'r cerrynt yn gryf, ac yn fuan fe aeth popeth yn ddu.

Dihunodd ar draeth o dywod gwyn, y tonnau'n llyfu ei draed. Doedd ganddo ddim syniad am ba mor hir y bu'n gorwedd yno, ond roedd ei ddillad eisoes wedi sychu gan wres yr haul tanbaid. Roedd yn wyrthiol ei fod wedi cyrraedd o gwbl, o ystyried bod siarcod a phob math o bysgod peryglus yn stelcian yn y môr. Ond roedd e yma, ei fag wedi ei glymu am ei ganol o hyd ac, yn bwysicach, doedd neb arall yma. Cododd yn lletchwith, ei ysgyfaint yn dynn a'i gyhyrau yn ystwyth, ond ei enaid yn ysgafn a llonydd am y tro cyntaf erioed.

Un fach oedd yr ynys, dim mwy na milltir o un pen i'r llall, gyda choedwig o goed palmwydd yn ei chanol. Y misoedd cyntaf oedd yr anoddaf, er gwaetha'r profiad oedd ganddo fel milwr o oroesi ar ei ben ei hun. Doedd dim ffynhonnell o ddŵr yfed ar yr ynys, felly bu'n rhaid i'r dyn greu pyllau bas i gasglu'r glaw, oedd yn disgyn yn drwm ac yn aml. Pan nad oedd yn glawio roedd pelydrau'r haul yn llethol, ond gan ddefnyddio'i gyllell fe adeiladodd y dyn loches syml o frigau a dail i'w gysgodi, a gwely iddo gysgu arno gyda'r nos. Bu'n sâl droeon, ac un tro, ar ôl bwyta gwraidd rhyw blanhigyn gwenwynig, methodd godi o'i loches am bron i wythnos. Wrth i amser fynd yn ei flaen treuliodd ei ddillad yn garpiau, tan i'r dyn eu diosg yn gyfan gwbl. Tyfodd ei farf a'i wallt yn hir, a thywyllodd ei groen yn yr haul.

Erbyn diwedd y flwyddyn gyntaf, roedd bywyd yn haws. Dysgodd y dyn sut i wneud yn siŵr bod ganddo ddigon o ddŵr i'w yfed, a gwyddai pa blanhigion oedd yn ddiogel i'w bwyta, a lle roedd y pysgod gorau i'w dal. Treuliodd ei amser yn cerdded o gwmpas yr ynys dawel, yn trochi yn yr heddwch ac yn gwerthfawrogi pob eiliad o'i unigrwydd. Un diwrnod, sylweddolodd y dyn nad oedd wedi ynganu gair ers misoedd, rhag chwalu'r llonyddwch. Anaml iawn byddai'n meddwl am Y Sŵn yr adeg yma.

Serch hynny, nid oedd ar ei ben ei hun yn llwyr. Yn y goedwig fach yng nghanol yr ynys, roedd teulu o adar yn byw – pethau bach, maint iâr, ond yn lliwgar. Roedd pob un yn ffrwydrad o goch a glas a melyn. Doedd yr adar yma ddim yn hedfan, ond yn cerdded ac yn nythu ar y llawr, a gan nad oedd helwyr o unrhyw fath ar yr ynys doedden nhw ddim yn ofni'r dyn o gwbl. Yn aml, byddai'r mwyaf o'r criw yn dod ato i fwyta cig y gneuen goco o'i law. Gyda'r nos, gorweddai'r dyn ar ei wely o ddail yn gwrando arnynt yn galw ar ei gilydd. Byddai hyn yn ei suo i gysgu.

Ond yna, yn raddol, fe stopiodd cân yr adar ei suo.

Nid oedd y gân yn swynol bellach, ond yn grawcian cras, swnllyd oedd yn chwalu'r llonyddwch.

Swnllyd.

Swnllyd.

O dipyn i beth, fe ddaeth y dyn i gasáu'r adar. Nhw a'u galw aflafar oedd yr unig beth oedd yn tarfu ar ei heddwch, felly un diwrnod fe afaelodd y dyn yn ei gyllell a cherdded am y goedwig.

Unwaith eto roedd yr ynys yn dawel, ac fe gafodd gig i swper y noson honno.

Ond rhywbryd wedi hynny – blwyddyn, neu ddwy efallai? – daeth Y Sŵn yn ôl.

Y diwrnod hwnnw roedd y dyn allan yn pysgota. Hynny yw, roedd yn sefyll yn llonydd a'r dŵr môr yn cyrraedd at ei bengliniau, yn syllu i'r dŵr ac yn aros i bysgodyn ddod yn ddigon agos i'w law fflachio allan a'i ddal. Roedd y dyddiau diwethaf wedi bod yn stormus ac roedd y pysgota bob tro'n dda wedi hynny. Roedd y dyn yn canolbwyntio'n llwyr ar y dŵr rhwng ei goesau a chymrodd eiliad neu ddwy iddo sylweddoli beth oedd y sŵn oedd yn cyrraedd ei glustiau, yntau heb glywed llais arall ers cyhyd. Pan drodd i edrych allan dros y môr, gwelodd gwch pysgota bach, dipyn llai na'r un ddaeth ag ef i'r ynys o Majuro. Ar y cwch, roedd pysgotwr yn chwifio ei freichiau ac yn gweiddi arno'n groch, er bod y geiriau'n fwy fel sibrwd erbyn i'r gwynt eu cario at y lan. Roedd y cwch yn arnofio'n ddiog, yn cael ei gario gan y tonnau, yn agosáu at yr ynys yn araf bach.

Wedi rhewi yn ei unfan, gwyliodd y dyn wrth i'r cwch ddod yn ddigon agos i'r pysgotwr neidio i'r dŵr a nofio gweddill y ffordd i'r lan. Nofiodd yn syth at y dyn cyn ei gofleidio'n dynn, gan boeni dim am ei noethni. Roedd y geiriau'n llifo o'i geg fel y dagrau o'i lygaid.

Deallodd y dyn ddigon i wybod bod injan y cwch pysgota wedi methu a bod y pysgotwr wedi bod yn arnofio ar y môr garw ers dyddiau, yn sicr ei fod yn mynd i farw. Roedd gweld yr ynys, a'r dyn, wedi llenwi ei galon gyda gobaith – achubiaeth, diolch i Dduw! Gofynnodd yn daer am ddŵr a rhywbeth i'w fwyta, ac arweiniodd y dyn ef i'w loches mewn perlewyg, y pysgotwr yn parablu'r holl ffordd. Roedd y siarad yn uchel, fel ymosodiad ar ymennydd y dyn ar ôl cyfnod mor hir o dawelwch. Teimlodd yn sâl, ac yn benysgafn. Rhywsut, fe drawsnewidiodd llais y pysgotwr i lais Malcolm, ac yna i ymbil yr holl bobl y'i gwelodd yn marw yn y fyddin.

Llowciodd y pysgotwr y dŵr o'r lloches yn sychedig, a thynnu cneuen goco o goeden balmwydd gyfagos i'w chwalu'n swnllyd ar garreg, cyn ei llarpio'n farus.

Roedd pob sŵn, pob gair, fel cyllell yn enaid y dyn.

Fel cyllell.

Fel ei gyllell ef.

Estynnodd honno o'r lloches.

Unwaith eto, roedd yr ynys yn dawel, ac fe gafodd gig i swper y noson honno.

Ond ers y diwrnod hwnnw, roedd y dyn wedi newid. Treuliai ei ddyddiau yn y lloches, yn llonydd fel delw, yn syllu tua'r gorwel. Doedd yr ynys ddim mor ddiogel â'r disgwyl. Roedd Y Sŵn yn dal i fodoli, ac roedd yna bobl fyddai'n dod yma, i darfu ar ei hapusrwydd, ei ddiogelwch, ei lonyddwch. Roedd yn deall nawr beth oedd ymladd am heddwch.

A heddiw, wrth iddo eistedd yn ei loches – oedd, roedd rhywbeth wedi ymddangos ar y gorwel. Cwch o ryw fath, oedd yn cael ei gario'n agosach at yr ynys gan y tonnau. Ond roedd y dyn yn barod, fel y buodd yn barod y troeon o'r blaen. Edrychodd dros ei ysgwydd ar y pump sgerbwd oedd wedi pentyrru yno yng nghefn y lloches – y rhai eraill ddaeth yma i chwalu'r heddwch.

Gwyliodd y dyn wrth i'r cwch agosáu, tan i lais ei berchennog gario tuag ato ar y gwynt, y geiriau yn annealladwy ond y sŵn yn llosgi clustiau'r dyn, ac yn rhewi ei enaid.

Gwthiodd ei wallt hir, llawn clymau, o'i wyneb.

Gorfododd ei hun i wisgo gwên lydan, i ddangos y dannedd oedd bellach yn pydru'n ddu.

Cododd un llaw yn gyfeillgar.

Cuddiodd ei gyllell y tu ôl i'w gefn gyda'r llall.

Cerddodd yn bwrpasol at y traeth.

Cyn hir, byddai'r ynys yn dawel unwaith eto.

Ni ac Alma Grace

SIONED ERIN HUGHES

Macs

Ti 'di gweld nyth shit mae pijin yn ei neud? Mae'n brifo sbio arni hi'n trio. Mae ei chalon fach hi mor brysur, yn trio tynnu cartra at ei gilydd, ond eto, dydi methu creu lle fasa'n ddigon solat i'w babis hi oroesi. Mae hi'n dyfalbarhau, beth bynnag, yn dodwy ac yn gori, yn gwrthod symud i ysgwyd y llwch o'i phlu, hyd yn oed. Mae hi'n gobeithio bydd ei chariad hi'n ddigon. Ond waeth iddi heb, graduras fach. Mae'r wyau yn deor a'r babis dros y lle i gyd, eu pennau nhw'n llipa fel petalau Medi. Maen nhw'n marw, un ar ôl y llall wrth ei thraed. Hithau'n sbio ar ei nyth digalon, yn cwestiynu pam nad oedd ei chariad hi'n ddigon.

Fel'ma dwi'n dewis meddwl am Mam. O'dd gan Mam gymaint yn tyfu i fyny – dillad Prada, gemwaith hen neiniau cefnog, ceffylau gwynion o'r enw Cherry a Blossom. Roedd ganddi gymaint, oedd, ond dim owns o gariad. Afiach o ddyn oedd ei thad hi, er i'r boneddigions feddwl bod yr haul yn tywynnu allan o'i din o. A'r fam wedyn yn rhy llywaeth i warchod ei merch rhag ei ddwylo budur o. Pan driodd Mam lefaru'r pethau diawledig oedd yn digwydd iddi, gafael yn ei harddyrnau a gwasgu, gwasgu wnaeth ei mam hi gan edrych arni efo llygaid sarff. *A girl's beauty is in her silence, Alma Grace. Understood?*

Mi alli di gael gymaint, ti'n gweld, ond heb gariad, mae bob dim arall yn troi'n ddim. Rhedeg i ffwrdd wnaeth hi yn y diwedd, hithau newydd droi'n bymtheg oed. Hi a'i bag o ddillad Prada ac wadan o gash o ddrôr isa desg y stydi. Doedd ganddi ddim cynllun, dim ond calon drist i'w harwain i unrhyw le arall yn y byd. Neidio o un bỳs i'r llall wedyn nes croesi'r ffin, ac aros yng Nghaerdydd i gymryd ei gwynt – dyna oedd y bwriad. Mi grafodd am wely a phigo byw nes i'r wadan o gash droi'n ddyrnaid o bapura, yna'n bunnoedd, yna'n ddimai. A dyna lle mae'r stori'n cymhlethu. Dyna pryd ddaeth y dynion drwg ar draws yr hogan dlws ryfeddol a'i llygaid yn brifo o fregusrwydd. Mwy o ddwylo budur fuodd wedyn.

Mel
Be bynnag ddeudodd Macs, peidiwch â derbyn hynny ar ei ben fel y gwirionedd. Mae o'n sofft, ei galon o'n cleisio fel afal. Oedd, mi oedd bywyd y ddynas ddaru'n geni ni yn un digalon, dwi'n siŵr ei fod o, ond i'n gadael ni'n fabis bach mewn bocs ar ochr stryd fel'na? Blydi hel. A phenderfynu wedyn, ddeunaw mlynedd yn ddiweddarach, ei bod hi am ailymddangos. Mi gymrodd ddeunaw mlynedd iddi benderfynu ei bod hi, erbyn meddwl, isio bod yn rhan o'n bywyda ni. Mae'r holl beth yn fy nghorddi i.

Dim ots amdana i yn hyn i gyd – mi fydda i'n iawn – ond ro'n i isio arbed Macs rhag y cwbl. Dwi wedi dychmygu'r digwyddiad 'ma fel damwain car a'r ddynes ddaru'n geni ni sydd wrth y llyw. Mi wela i Macs yn camu allan i'r lôn a dwi'n taflu fy nghorff o'i flaen o, yn cymryd yr ergyd, yn torri pob asgwrn yn fy nghorff, ond drwy ryfedd wyrth yn goroesi. Dydi Macs yn ddim gwaeth, dim sgriffiad, hydnoed. Mae'n codi ar ei draed ac yn dal ati efo'i diwrnod. Dyna ro'n i isio.

Ond mae hi'n rhy hwyr i ryw gymhariaethau cachu fel'na. Mynd i'w chyfarfod hi wnaeth o yn y diwedd, a doedd 'na ddim byd allwn i na neb arall ei wneud i'w stopio fo. Wnaeth Mam na Dad ddim trio, hyd yn oed. Maen nhw'n wirion o neis, yn rhy blydi neis. Waw, dwi'n eu caru nhw. Cariad mor fawr, does 'na ddim gwaelod iddo fo. Pam nad ydi hynny'n ddigon i Macs?

Macs

Pan mae Mel yn holi pethau fel'na, dwi'n teimlo'r gwahaniaeth rhyngom ni'n dau yn powndian. 'Nelo ddim o hyn efo'r ffaith nad ydi cariad Jean a Dei yn ddigon. Dwi'n eu caru nhw fel 'dwn i ddim be, ond allith hynny ddim dileu'r twll siâp Mam tu mewn imi. Ac mae o wedi bod yno erioed, mewn ffordd nad ydi Mel yn medru uniaethu efo fo. Ac mae hynny'n hollol iawn! Mae'n iawn nad ydi hi'n teimlo'r diffyg 'ma sydd fel eco diddiwedd tu mewn – dwi'n cenfigennu, wir! Ond mae hi hefyd yn iawn 'mod i *yn* ei deimlo fo, 'mod i methu *peidio* â'i deimlo fo. Bod y twll a'r diffyg a'r eco yn rhan mor naturiol ohona i â fy llygaid fy hun.

Dwi'n siŵr bod Mel wedi sôn am y ffaith bod Mam wedi'n gadael ni ar y stryd – mae hi'n licio deud hynny – ond nid felly'n union ddigwyddodd petha. Cael ein gadael ar stepen drws Jean a Dei wnaethon ni, a Mam yn pipian o bell wrth i freichiau parod ein cymryd ni i mewn i gynhesrwydd eu tŷ. Mi rwygodd calon Mam yn racs, ac er bod ganddi bob bwriad i redeg i ffwrdd y noson honno, mi ffeindiodd ei hun yn cnocio ar ddrws y tŷ, isio rhoi un sws fach arall i ni'n dau cyn ffarwelio go iawn. Jean a Dei yn ei chymryd hithau i mewn i'w stafell fyw wedyn, achos rhai felly ydi Jean a Dei – y bobl buraf ar wyneb y ddaear, isio achub pawb a phopeth. Mi gafon nhw TedTalk ar fywyd Mam y noson honno – ei bywyd hi ar y stryd, ei dibyniaeth ar gyffuriau, y trais a arweiniodd at ei beichiogrwydd…

Dyna ddigon am y tro. Dwi isio sôn am bwy ydi Mam rŵan, yn ei phresennol, achos mae Mam yn haeddu hynny. Mae Mam yn gweithio mewn archfarchnad, ond yn breuddwydio am fod yn gogydd ryw ddydd. Mae ganddi Gymraeg toredig, ond mae hi'n ymdrechu mwy ers dod i fy nabod i. Mae hi'n licio fy ngalw i'n 'cariad bach'. Mae ei llygaid hi'n wyrdd fel y môr mewn drycin. Mae hi'n edrych fel ei bod hi wedi byw deg o fywydau mewn un.

Mae gan Mam hiwmor miniog, a chwerthiniad sy'n llenwi'r aer fel swigod. Allwch chi ddim peidio â throi i edrych arni pan ddaw'r chwerthin i'r golwg, allwch chi chwaith ddim atal eich hun rhag gwenu. Mae hi'n dal i fyw yng Nghaerdydd, felly mae ein Cymraeg gogleddol ni'n newydd iddi. Pan ofynnais i am grempog mewn caffi y tro cyntaf inni gwrdd, mi wirionodd. *What a gorgeous little word! Crem-poc. It sounds like someone's jumping on a trampoline in my mouth. Crem-poc! Prydferth.* Ac am eiliad, mi welais i blentyn bach yn dawnsio yn ei llygaid hi, cyn diflannu eto.

Mel
Gafon ni fagwraeth braf, rhyfeddol o braf. Dwi ddim yn cofio Caerdydd – mi symudon ni i Lanfrothen pan oedd Macs a finna'n fabis tair oed. Doedd yna ddim cyfrinachau yn tŷ ni

– mi ddyweddodd Mam a Dad wrthon ni'n gynnar iawn ein bod ni wedi cael ein mabwysiadu ac mai dynes arall roddodd enedigaeth i ni. Doedd ganddyn nhw ddim gwybodaeth am y dyn oedd yn y fformiwla, oni bai ei fod o'n ddyn drwg. Chwarae efo'n Lego oedden ni pan ddywedon nhw gyntaf un, a dychwelyd at y Lego wnaethon ni wedyn.

Ro'n i mor fodlon yn tyfu i fyny, fy ngofid mwyaf oedd nad oedd Zac Efron yn gwybod pwy o'n i. Roedd gen i griw da o ffrindia, ac ro'n i'n un o'r disgyblion niwsans hynny fyddai'n serennu yn yr ysgol a hynny heb drio. Mi oedd bywyd yn wbath i'w gymryd yn ysgafn a doedd dim rhaid imi feddwl ymhellach na'r snac neu'r pryd o fwyd nesaf. Fel hyn dwi'n byw rŵan hefyd, ond 'mod i hefyd yn gorfod meddwl am y 'dyfodol' a ballu o dro i dro. Och a gwae.

Ond roedd petha'n wahanol efo Macs. Un sensitif fuodd o 'rioed, a bob dim yn cael yr effaith fwyaf arno fo – yn bethau trist a hapus fel ei gilydd. Roedd o'n bresenoldeb trwm – mae o'n dal i fod felly. A dwi'n ei garu o, wrth gwrs fy mod i! Ond dydi hynny ddim yn golygu 'mod i'n ei licio fo bob tro. Do'n i'n bendant ddim yn ei licio fo pan ddechreuodd o alw Mam a Dad yn Jean a Dei, er enghraifft. Ar ôl oes gyfan, pam y newid? Ond mi ddeudodd Mam bod ganddo bob hawl i wneud y newid, a phan driais i godi sgwrs gallach efo Dad am y peth, mi daerodd nad oedd y newid teitlau yn newid dim, mewn gwirionedd, cyn belled â bod cariad yn aros. Camgymeriad oedd trio cael synnwyr gan Macs ei hun, wedyn. Wnaeth o ddim byd ond pwysleisio mor wahanol ydan ni – fel mae o'n ei neud rownd y ril – efo'r llais addfwyn, rhesymol 'na sy'n gneud imi fod isio sgrechian a malu llestri. Ac alla i ddim gwadu, mi *ydan* ni'n wahanol iawn, a diolch byth am hynny.

Jean

Doedd o ddim yn sioc bod y plant wedi ymateb mor wahanol pan soniais i fod Alma yn dymuno eu cyfarfod nhw. Mae Macs wedi bod isio 'i chyfarfod hi ers blynyddoedd, wedi'r cwbl, ond roedd Alma a finna'n gytûn o'r dechrau bod angen i'w ymennydd gyrraedd y deunaw oed cyn gwneud unrhyw benderfyniad pendant. A Mel wedyn, wel… mae ei chalon hi yn y lle iawn. Isio'n gwarchod mae hi – gwarchod Macs, Dei a finna. Ofn bod hyn i gyd am rwygo'r uned fach ddel sydd gan y pedwar ohonon ni.

O'm rhan i wedyn, alla i ddim dweud 'mod i wedi teimlo ofn. Wrth gwrs, dwi'n brifo dros fy mhlant, a'r ffaith bod eu bywyda nhw ychydig yn fwy cymhleth na'u cyfoedion, falla. Ond ofn? Ddim yn union. Hyd yn oed pan ddechreuodd Macs fy ngalw i'n Jean, wnes i ddim teimlo ofn. Tristwch, do, ond byrhoedlog oedd hwnnw, achos ro'n i'n gwbod bod yna ddim byd wedi newid o ran maint y cariad roedd Macs bach yn ei deimlo tuag ata i. Ar ei daith ei hun oedd o, ac roedd o'n gorfod addasu i be bynnag oedd yn teimlo'n iawn iddo fo. Dyna oedd bwysicaf.

Mae gan Dei a finna'n rhesymau ein hunain dros ddewis dilyn y llwybr 'dan ni'n ei droedio efo'n gilydd. Wna i ddim siarad ar ran Dei – fo piau'r stori honno – ond amdana i, wel, ro'n i isio babi yn fwy na dim byd arall yn y byd. Mi fuon ni'n trio am flynyddoedd – trio, methu, trio, methu, trio, beichiogi, gorfoleddu, colli, galaru, trio, methu… felly fuodd hi. A finna'n derbyn yn y diwedd nad o'n i i fod i feichiogi, ond allwn i ddim yn fy myw a derbyn nad oeddwn i i fod yn fam.

Ac yna, daeth Macs a Mel, ein babis bach ni. O'r diwedd, ro'n i'n fam. Ro'n *i*'n fam. Ro'n i'n *fam*. Ac er na alla i wadu'r ffaith bod yna ran fach ohona i isio cadw'r ddau i mi fy hun, doedd hynny 'rioed yn rhan o'r fargen. Ro'n i ac Alma wedi addo petha i'n gilydd – roedd hi wedi rhoi ei phlant imi, mewn difri calon! Y peth lleia allwn i ei addo iddi oedd yr hawl i ddechrau eu gweld nhw ar ôl iddi roi trefn ar ei bywyd.

Pan fydda i'n dechrau cwestiynu unrhyw beth am y sefyllfa, dwi'n gorfod f'atgoffa fy hun o un peth – cariad ydi'r cwbl lot. Os ydi cael Alma yn rhan o'u bywydau yn golygu bod Mel a Macs yn derbyn mwy fyth o gariad eto, yna pwy fyddai ddim isio hynny er mwyn eu plant? Cariad ydi'r peth gorau ar wyneb y ddaear, ia ddim?

Dei

Reit, fi ddim isie siarad gormod am fy hunan 'ma, ond ma 'na'n lle deche i ddachre, sbo, felly 'co fi'n mynd. Fi'n foi o G'fyrddin yn wreiddiol, wedi fy magu ar ffarm hela enfawr – *top dogs*, dim ware. Wedyn, symudes i lawr i G'dydd i fynd i'r coleg, cyfarfod y wraig 'na a bwriadu aros, ond fe dda'th y plant ac ro'dd Jean isie symud 'nôl i'r gogledd – i Lanfrothen lle magwyd hi, a bod yn fwy penodol. Felly 'na lle fi nawr ers pymtheg mlynedd, hwntw lan gogs – tad balch ac athro tan gamp, os ca i weud – sy jest yn trial gweithio'n galed a byw yn dda.

Nawr, fi fod 'ma i siarad am y plant, wy'n gwybod 'ny, ond fi'n meddwl 'i bod hi'n saff gweud bod Jean wedi gwneud y gwaith 'na ar ran y ddou o'n ni. Fi am siarad am Alma Grace, os ca i. Pan laniodd Alma yn ein tŷ ni'r noson honno, siŵr iawn o'dd y ddou fabi yn hawlio sylw Jean, ond a bod yn onest, o'n i methu stopo syllu ar Alma. Y llgade môr-mewn-drycin – fe godon nhw gyfog o'r lle dyfnaf un tu mewn imi.

Ond wrth gwrs, ro'n i wedi gweld llgade tebyg dros y blynydde o'dd yn ennyn yr un teimlad, ac yn fy ngyrru ar fy union yn ôl i'r nosweithie erchyll 'ny. Wnes i ddewis anwybyddu'r peth y gore gallen i.

Fe aeth Alma â ni'n groes i'r drefn gronolegol gyda'i stori a gorffen gyda hi'n ferch fach. Pan ddechreuodd hi siarad am ei chartre'n Swydd Efrog, ro'n i'n dachre whysu, a phan wedodd hi'r geirie 'Bluebell Chateau', do'dd dim amheuaeth yn fy meddwl. Fe geisies i gadw wyneb syth a gwrando arni'n siarad am gamdriniaeth rhywiol ei thad, ond o'dd fy llwnc i'n llawn ych-a-fi. Ro'dd llgade Clive White lond fy meddwl ac o'dd rhaid imi esgusodi fy hun er mwyn chwydu fy gyts i mas yn y tŷ bach.

Ch'weld, ro'dd gan Dad ffrindie hela yn dod ato o bob cwr o'r Deyrnas Unedig, a gŵr o Bluebell Chateau, Swydd Efrog, oedd un ohonynt. O'dd e a'r criw yn dod draw deirgwaith y flwyddyn, fi'n cofio – shwt allen i anghofio! Ro'n i'n caru bod 'da nhw, yn teimlo fel un o'r bois mowr, a Dad yn brolio 'i fab fel 'se ddim fory i ga'l. Ro'dd 'da ni fferm deuluol anferth, a ffrindie byw-yn-bell Dad yn cael aros drosodd am bedwar diwrnod ar y tro pan o'n nhw'n mynd ar eu helfeydd. Ro'dd yr holl beth yn freuddwyd i fachgen bach o'dd jest isie bod yn un o'r lads.

Fi ddim am allu gweud y cwbl – fi ddim yn meddwl fydden i fyth yn gallu gwneud 'ny, a bod yn onest – ond weda i fel hyn; nid Alma oedd yr unig un a gafodd ei chamdrin gan Clive White. Roedd 'na fachgen bach dros y ffin yn G'fyrddin yn diodde dan ei ddwylo budron 'fyd, ond yn gwybod nad o'dd e'n cael gweud dim wrth yr un enaid byw. Ac er mor erchyll oedd y cywilydd, diolch byth bod Mam wedi cerdded mewn yr un noson 'na, ac na weles i mo Clive White fyth wedyn. Bydde Dad wedi gallu ei grogi fe'r noson honno – smo fi 'rioed 'di gweld dyn yn torri fel 'na o'r blaen. Ond do'dd dim pwynt meddwl am ddial, achos un peth pwysig chi angen ei wybod am Clive White, a'r peth pennaf i gyd – ro'dd e'n anghyffwrdd. Ro'dd e'n nabod y bobl yn y llefydd iawn, ch'weld, ac os bydde Dad yn ei ladd e, wel, Dad fydde'n cael ei ladd nesaf.

Fi'n gweud hyn i gyd nawr gan 'mod i isie ichi ddeall un peth. Ges i flynyddoedd maith o therapi dwys. Yn ystod y blynyddoedd 'ny, fi ddim yn cofio un diwrnod lle nad o'n i isie marw. Wir, wir isie marw, yn crefu am farwolaeth gyda phob atom yn fy nghorff. Ond fe fynnodd fy rhieni 'mod i'n aros – diolch byth am 'ny – a phan es i i'r coleg a chyfarfod Jean wedyn, ges i ychydig o awch dros fyw eto. Ond ches i fyth heddwch, do'dd hwnnw ddim o fewn fy nghyrraedd. Hynny yw, tan i Alma gnoco ar ein drws ni'r noson honno.

Ch'weld, un o'r pethe oedd yn cipio cwsg oddi wrtha i am y blynyddoedd diawledig 'ny o'dd y poeni bod Clive White yn camdrin plentyn arall mas 'na. Ro'dd ganddo'r math gwaethaf o bŵer all dyn ei feddiannu, ac ro'dd gwybod bod yn rhaid imi gadw'n dawel i achub fy nghroen i a'm teulu yn teimlo'n erchyll o anghywir. Ro'dd yr euogrwydd fel tân drwy fy nghorff, ac eto, pan wedodd Alma beth ddigwyddodd iddi dan ddwylo ei thad, ro'n i'n gwybod beth oedd angen imi ei wneud.

Rhywsut, rywfodd, mae gofalu am ei phlant a'u caru nhw fel fy mhlant fy hunan wedi rhoi i mi'r heddwch ro'n i'n dyheu amdano. Mae'r *rehab* drefnon ni ar ei chyfer a'r gofal ariannol dros y blynydde wedi golygu rhagor o'r heddwch hwnnw wedyn, er na chaiff Alma fyth wybod y prif reswm oedd yn gyrru ein caredigrwydd. Does dim rhaid gweud pob dim, ch'weld – fel hyn, mae'r trawma'n gorffen yma, efo fi a'm cyfrinach.

Ac am y plant, mae gan y ddou y rhyddid i ddehongli'r byd fel y mynnent. Ro'dd Alma wastad yn ymwybodol o'r risg na fydden nhw isie cyfarfod a ffurfio perthynas 'da hi, ond hei! Mae hi wedi llwyddo 'da Macs, a pheidiwch â gweud 'mod i'n gweud, ond mater o amser fydd hi 'da Mel, 'fyd, fi'n siŵr o 'ny. Mae'r ddou jest mewn lle gwahanol ar y daith, a Macs, falle, fymryn ar y blaen. Bydd Mel yn siŵr o ddal lan, mae hi jest angen amser. Ond os na fydd hi'n cyrraedd y man hwnnw o faddeuant, yna bydd Alma, Jean a finne'n parchu hynny. Ni wedi bod yn gwbl dryloyw am y peth o'r dachre.

Pan ddaeth y neges gan Mam bod Clive White wedi marw, fi'n cofio gobeithio bydde'r neges yn cyrraedd Alma mewn rhyw ffordd, 'fyd – roedd hithe'n haeddu heddwch yn ei ffurf buraf un. Pan welodd Jean a finne hi ychydig ddiwrnode wedi 'ny wrth yrru Macs draw i'w chyfarfod, dyna'r peth cyntaf o'dd ar ei gwefuse. *He's dead. It was in the papers, sudden cardiac arrest.* Ac yna, ei llgade môr-mewn-drycin yn goleuo'r mymryn lleiaf, a'r golau hwnnw'n dawnsio fel plentyn bach tu ôl i'r gwydre.

Awgrym o Wawr

STEFFAN WILSON-JONES

Mae hi'n 1:49yb a dwi yng nghanol cerrynt o ddawnsio chwil yn Roxy's. Vodka Cranberry yn fy llaw, bas y disgo *remix* yn pwnio a thorf o gyrff chwyslyd yn fy amgylchynu. Am y tro cyntaf ers misoedd, dwi'n ymgolli yn y foment.

Yn y gegin. Mae'n boeth.

Dwi'n rhewi yn fy unfan ac yn gadael i'r cerrynt ailgyfeirio y naill ochr i mi. Mae'r bas yn dal i bwnio curiadau drwy fy nghorff. Mae'n stumog i'n troi, a dwi'n teimlo'r hen deimlad cyfarwydd o chwys oer ar fy nhalcen.

Mae hi'n llosgi.

Dwi'n teimlo fy wyneb yn mynd yn welw. Mae fel petai amser yn arafu, y cyrff cyfagos yn symud mewn *slow motion*. Dwi'n sbio o 'nghwmpas ar fôr o wynebau meddw. Dwi'n atgoffa fy hun o gamau'r noson. Siarad ar y ffôn efo Tom. Cytuno i ddod i Roxy's erbyn naw i ddathlu ei ben-blwydd. Cawod. Newid. Siaced. Côt. Goriad. Mae'n rhaid 'mod i wedi ei diffodd ar y ffordd allan.

Ond be os...?

Yn syth o 'mlaen i, mae ffrindiau Tom yn dawnsio'n wyllt. Dwi'n clywed Tom yn dweud rhywbeth am *two-for-one* Sambucas wrth Alex, ac mae'n gwthio'i ffordd drwy'r dorf.

Wrth fy ngweld i 'di rhewi yng nghanol y *dancefloor*, mae'n stopio.

'Ti'n iawn, boi?' mae'n gofyn, gan roi ei law ar fy ysgwydd.

Ond be os ddim? Be os ydi hi'n dal i losgi? Be am y cyrten?

'Ie, *fine*,' dwi'n ateb, yn trio swnio'n *casual*. Dwi'n gwenu a chymryd sip o 'niod, mor ymwybodol 'mod i'n edrych yn anghyfforddus.

'Gormod i yfed?'

'Ym, ie, bach.'

''Na i'm cynnig Sambuca i chdi 'lly,' mae'n ateb efo winc. 'Ti'n cael *good night*?'

'Yndw, grêt. Diolch eto am yr *invite*.'

'Iawn siŵr, diolch am ddod.' Mae'n gwenu arna i, tinc o drueni yn ei lygaid, ac yn ychwanegu, 'Neis gweld ti *out and about* eto.'

Dwi'n nodio. Dwi'n chwilio am rywbeth ffraeth i ysgafnhau'r sgwrs, ond does na'm byd yn dod. Mae un o'i ffrindiau'n tynnu ei fraich ac yn stumio i gyfeiriad y bar.

'Sa well i fi fynd. Neis gweld ti. Wela i di wedyn, boi.' Dwi'n codi llaw wrth i Tom gerdded i ffwrdd.

Dwi'n syllu wrth iddo chwerthin efo'r ddau arall wrth y bar. Y tri yn morio chwerthin wrth yfed eu Sambucas. Mae popeth mor hawdd, mor ysgafn iddyn nhw. Mae'n fy nghorddi i.

Oedd y cyrten reit wrth 'i hyml hi. Mor hawdd iddi gydiad ynddo…

Yn ddigon sydyn, dwi'n teimlo fel 'mod i'n methu anadlu'n iawn; fel tasa rhywbeth yn pwyso'n drwm ar fy llwnc. Dwi'n sbio o gwmpas am yr allanfa. Dwi'n gwneud fy ffordd drwy'r dorf ac yn gwthio drws metal, allan i'r *smoking area*.

Mae aer oer Ionawr yn brathu wrth i mi gamu allan. Dwi'n cymryd anadl ddofn i lenwi fy ysgyfaint efo awyr iach, ond yn lle hynny, ond dwi'n tagu ar fwg sigaréts.

'Sorry, love!' daw llais dynes gyfagos. Dwi'n craffu drwy'r tywyllwch am y llais.

'No, it's… it's alright,' dwi'n ateb wrth besychu.

Mae'r ddynes ganol oed yn camu o'r cysgodion tuag ata i. Colur trwm, *mullet* o'r wythdegau, sigarét a gwydraid o win gwyn yn ei llaw, a modrwy aur ar bob bys. Dwi'n ymlacio ychydig wrth iddi ddod draw ac eistedd ar gadair.

'You alright, love? Lost your friends?' mae'n gofyn efo acen gynnes y Cymoedd.

'Er, kind of,' dwi'n ateb yn onest.

'Ah, well. Nice to get out for some fresh air, innit. I'm Lynne,' meddai, cyn cymryd drag hir o'i sigarét. Dwi'n syllu ar flaen ei sigarét yn fflachio'n oren wrth iddi anadlu fewn.

Yr un lliw â'r fflam. Y fflam sy'n mwytho'r cyrten. Y fflam sy'n gwneud ei ffordd i fyny'r defnydd. Y fflam sy'n tyfu. Y fflam sy'n llyncu'r fflat…

'Smile, lovely. It's not the end of the world.'

Dwi'n gwenu arni; ceisio tawelu'r llais yn fy mhen. Mae hi'n cymryd sip o'i gwin.

'Heaving tonight, innit,' meddai Lynne. 'My mate, Sharon, queued twenty minutes for a G&T. These prices are a joke, honestly. Mind you, she's only here cause she fancies the bouncer, but I don't know how many times I've told her that he's already married…'

Dwi'n trio fy ngorau i wrando ar ei stori. Mae hi'n sôn rhywbeth am weld y bownsar 'ma ar Hinge, ac mae fy meddwl yn llithro 'nôl i ddelweddau o fflamau yn dringo at y nenfwd.

'Don't you think so, love?'

'Sorry, what?' dwi'n ateb, wedi colli pob dim ar ôl y gair 'Hinge'.

'You've got to go for it. Just live life. That's what I learned after chemo. We're only here once, so don't waste a second.'

Mae Lynne yn llowcio gweddill ei gwin ac yn stybio ei sigarét yn yr *ashtray*.

'Well, I better stop Sharon from copping off with that bouncer or there'll be hell to pay. You have a good night, lovely. Look after yourself.'

Mae Lynne yn codi ac yn gwenu arna i. Gwên go iawn. Dwi'n trio gwenu 'nôl.

'Nice to meet you,' dwi'n ateb, yn gwrando ar sŵn ei sodlau uchel yn mynd 'nôl tuag at gyfeiriad y clwb. Mae ton o euogrwydd yn chwalu drosta i. 'Nes i ddim gwrando arni o gwbl. Chemo?

Llosgi tu mewn iddi. Llosgi'r drwg. Arhosa nes ti'n cyrraedd y fflat. Pan ti'n gweld y llosgi drwyddo…

Mae 'nghalon i'n curo. Dwi'n estyn fy ffôn i ffonio Meg. Mi fydd hi adre. Mi fydd hi'n gallu helpu. Siawns fydd 'na ddim gormod o ddifrod.

Canu.

Canu.

Dim ateb.

'Haia Meg, rho ring 'nôl pan ti'n cael hwn plis. Diolch.'

Dyna pryd dwi'n gweld bod fy ffôn ar 2%. Shit.

Mae rhywun yn agor y drws trwm i mewn i'r clwb, felly dwi'n neidio ar fy nhraed a'u dilyn. Mae'r bas yn pwnio unwaith eto wrth i mi wthio fy ffordd drwy'r môr o gyrff. Dwi'n gweld Tom yn y pellter yn sibrwd yng nghlust ryw ddyn diethr, felly dwi'n gwthio 'mlaen heb ddweud 'mod i'n gadael. Dwi'n cyrraedd y fynedfa, mynd drwy'r drws, i lawr y grisiau ac allan i'r stryd. Ar waelod y grisiau, dwi'n cerdded heibio'r bownsar sydd mewn *passionate embrace* efo Sharon. Dwi'n gwthio fy ffordd allan i'r tywyllwch.

Mae St Mary's Street yn fyw heno. Cerddoriaeth a gweiddi meddw yn dod o bob cyfeiriad. Arogl cwrw a phersawr rhad yn dawnsio ar yr awel. Dwi'n estyn fy ffôn i gael Uber, a gweld 'mod i lawr i 1%. A dim ateb gan Meg.

Ma'n rhaid bod y gegin i gyd ar dân erbyn hyn. Fflamau drwy'r coridor. Be os 'di Meg ddim yn ateb achos ei bod hi'n cysgu? Neu'n llosgi? Neu'n tagu ar y mwg?

Dwi'n fflagio tacsi cyfagos ac mae'n rowlio ei ffenest i lawr.

'There's a queue. You can't jump it. Be fair,' mae'r gyrrwr yn ysgwyd ei ben. Dwi'n sbio 'nôl ar y llinell hir o dacsis du sy'n llenwi'r *rank* wrth y castell.

'Ok, sorry,' dwi'n mwmian, wrth i lond llaw o stiwdants efo acenion Surrey ddod allan o'r tacsi.

'Watch where you're going, mate,' meddai'r un mewn crys streips Ralph Lauren wrth iddo fy ngwthio allan o'r ffordd, mwy neu lai. Dwi ddim yn ymddiheuro'r tro 'ma.

Dwi'n sbio i lawr y stryd i gyfeiriad y fflat. Bydd rhaid i mi gerdded. Na. Rhedeg.

Dwi'n tynnu 'yn jaced yn dynn o 'nghwmpas ac yn brasgamu i lawr y stryd. Dwi'n pasio criw o ferched ifanc sy'n rhegi a chriw o ferched hŷn sy'n sgrechian, a dwi'n croesi'r ffordd i osgoi dyn *topless* sy'n cael *piss* yn erbyn blwch post. Erbyn i mi gyrraedd Castle Street, mae 'nghalon i'n curo'n gynt nag erioed. Mae'r chwys a'r chwys oer yn gymysg, a dwi'n dechrau teimlo'n benysgafn.

Ma'i 'di llosgi. Ma'i 'di marw. Meg 'di marw. Y tân yn y coridor bellach. Pawb yn dod allan o'u fflatiau. Rhyw ffŵl dewr yn trio diffodd y tân. Rhywun arall yn helpu. Trio nes bod yr injan dân yn cyrraedd. Faint ohonyn nhw sydd am farw hefyd?

Allan o nunlle, dwi angen chwydu. Mae'r Vodka Cranberry 'di dal i fyny efo fi. Dwi'n cau fy llygaid a thrio ffocysu ar fy anadlu. Mewn. Allan. Mewn. All–

'Excuse me, pal,' daw llais o rhywle wrth law.

'What the fuck now?' dwi'n brathu, yn disgwyl gweld un o'r Surreyites mewn Ralph Lauren. Dwi'n agor fy llygaid, ac yn gweld hen ddyn mewn sach gysgu ar y llawr. Het dyllog ar ei ben, cwpan o geiniogau o'i flaen. A chi bach yn crynu yn ei gôl.

'Don't mean to disturb,' mae'n ateb yn dawel. 'But, if you're gonna throw up, would you mind doing it over there?'

Mae'n pwyntio at ryw stryd gefn dywyll rownd y gornel. Dwi'n edrych i'w chyfeiriad, yna'n ôl at y dyn.

'Yeah, of course… Sorry. I, I think it's passed now…'

'Heavy night, is it?' mae'n gofyn efo awgrym o wên ddrygionus.

'Mm,' dwi'n ateb. Dwi'n fforsio gwên yn ôl. 'I'm, I'm really sorry for swearing at you, I didn't see you there.'

'Not to worry. Spitting's usually worse.'

Mae 'nghalon i'n torri. Mae 'mhen i'n troi. Pwy ddiawl ydw i i feddwl 'mod i 'di bod drwy rywbeth o'i gymharu â rhywun fel hwn?

'Can I, erm, can I do anything for you?' dwi'n holi, yn mynd drwy fy mhocedi, yn ceisio dod o hyd i newid.

'Anything you've got. Much appreciated, mate.'

'I, I don't think I have anything. I'm so sorry. I don't have cash.'

Mae'n nodio ei ben ychydig.

'It's alright. It's more for him than me.' Mae'n pwyntio at y ci. 'He hasn't had anything in a few days.'

Dwi'n sbio o 'nghwmpas a gweld golau neon McDonalds ar ben y stryd. 'I, I can go get something for you?'

Tra bod pawb yn y bloc yn llosgi?

'Don't worry, mate. I can see you're in a rush,' mae'n ateb yn ysgafn, sy'n gwneud i mi deimlo hyd yn oed yn waeth.

'I'm so sorry. Any other day, I would, but… I have to… My flat… sorry…'

Dwi'n troi ar fy sawdl a cherdded i ffwrdd. Rhedeg. Dwi'm yn meiddio sbio 'nôl. Dwi'n tynnu fy ffôn o 'mhoced i ffonio Meg eto a'i gosod wrth fy nghlust wrth redeg. Dim ateb. Dwi'n bwriadu gyrru tecst arall ond mae'r ffôn yn marw yn fy llaw. Dwi'n cyflymu, yn rhedeg yn gynt ac yn gynt, y gwynt oer yn llosgi fy wyneb. Alla i ddim stopio.

Yr hen gwpl ar y llawr gwaelod, y teulu ifanc sy'n byw drws nesaf. Dy fai di i gyd…

Dwi'n rhedeg yn gynt. Mae'n rhaid i mi drio. Dwi ddim yn bell rŵan. Ar ôl y stryd yma, mi fydd y fflat rownd y gornel. Oll sydd raid i mi neud ydi rhedeg yn gynt a—

'*Oh my God*, haia!' mae llais cyfarwydd tu ôl i mi. 'Ti'n iawn? Dwi heb weld ti ers *ages*!'

Dwi'n troi 'nôl i weld pwy sydd yna. Lois, hen ffrind o'r ysgol. Mae hi'n sefyll o 'mlaen i mewn *tracksuit* efo potel ddŵr fawr yn ei llaw a *headphones* rownd ei gwddf.

'Haia, ie, ie, dwi'n, iawn diolch. Sut, sut wyt ti?' dwi'n gofyn, yn trio dal fy ngwynt.

'Dwi'n iawn, sti. *Late night jog*?' mae Lois yn gofyn. 'Dwi newydd fod i'r *gym* 'fyd.'

Dwi'n trio nodio a gwenu yn naturiol, ond mae'n amlwg bod Lois yn gweld drwydda i.

'Ti'n cadw'n iawn?' mae'n gofyn yn ddidwyll.

'Yndw, dwi'n gneud yn rili da, *actually*,' dwi'n ateb. Petai hi wedi gofyn hyn i mi awr yn ôl, byddai hynny wedi bod yn wir.

'Dwi'n falch o glywed. Ti 'nôl yn dy waith a ballu?'

'Ydw, ers ryw fis.'

'O, gwd. Dwi'n rili falch. O't ti allan heno?'

'O'n… Ti?'

'Na, jest 'di bod yn y *gym*.' Mae hi'n gwenu a phwyntio at y *tracksuit*.

Dwi'n sbio i'r pellter, heibio'r eglwys ar y gornel – dwi mor agos.

Ond eto mor bell…

'Ti'n siŵr bod ti'n iawn? Ti isio i fi gerdded adre efo ti? Dwi'm yn meindio, sti.'

'Na, wir, dwi'n *fine*. Jest 'di ca'l bach gormod i yfed. Diolch *though*,' dwi'n ateb.

'Ti'n dal i fyw efo Meg?' mae'n holi.

'Yndw.'

'Wel, cofia fi ati hi.'

'Mi 'na i. Neis gweld ti.'

'A ti. A chofia, os ti *ever* angen *chat*, dwi wastad yma. 'Aru brawd fi fynd trw rwbeth tebyg, so dwi'n gwbod pa fath o beth, *as in*, ti'n gwbod be dwi'n feddwl…'

'Ie, dwi'n gwbod. Diolch.' Dwi wir yn gwerthfawrogi hyn, ond dydi'r gwerthfawrogiad ddim yn cyrraedd fy llais.

Mae Lois yn cario 'mlaen i gerdded i'r cyfeiriad arall, a dwi'n rhedeg eto. Lawr y stryd. Heibio'r eglwys a rownd y gornel. Erbyn hyn, mae 'nghorff i 'di ymlâdd cymaint, dwi'n gorfod stopio rhedeg. Dwi'n rhoi un droed o flaen y llall, a dal i fynd.

Ti'n rhy hwyr. Ti 'di lladd pawb yn barod.

Dwi'n anwybyddu'r llais a chario 'mlaen. Cyn i mi sylwi, dwi ar fy stryd. Dwi'n llusgo 'nhraed ar hyd y palmant a throi i mewn i'r *cul-de-sac*. Ar hyd y gwair a thrwy'r drws gwydr. Fyny'r grisiau. Llawr dau, llawr tri, pedwar. Mae 'meddwl i mor wag, erbyn i mi droi'r goriad yn nrws y fflat a llusgo fy hun i lawr y coridor i'r gegin, dwi dal heb sylweddoli'r gwir.

Ar y bwrdd bach o 'mlaen i, mae hi'n eistedd. Yn dwt. Yn dawel. Drws nesaf i lun o'm ffrindiau.

Does 'na ddim tân. Dim difrod. Dim fflam.

Dim byd o gwbl.

Dwi'n dal y gannwyll yn fy llaw – *Relaxing Lavender*. Mewn eiliad wyllt, dwi'n ei thaflu ar draws y stafell. Mae'n hitio'r wal wrth y *radiator* ac yn chwalu'n deilchion; cawod o wydr a chŵyr sych yn gwasgaru i bob cyfeiriad.

Dwi'n suddo i'r llawr gan bwyso yn erbyn cefn y soffa. Dwi'n pwyso fy mhen yn ôl; chwys a dagrau ar hyd fy wyneb. Mae 'meddwl i'n fflachio rhwng delweddau o dân a marwolaeth a düwch llwyr. Pa mor bell o'n i wedi cyrraedd? Pa mor bell sydd gen i i fynd eto? Pa mor annheg ydi bywyd ond pa mor hawdd ydi o, hefyd, o'i gymharu â bywydau eraill? Mae corwynt o emosiwn yn dod drostaf a dwi'n cau fy llygaid. Dwi mor wag ac *exhausted*, dwi ddim hyd oed yn sylwi bod Meg yn eistedd yn dawel ar y llawr drws nesaf i mi.

Awr yn ddiweddarach, 'dan ni'n dal yna. Fi a Meg yn syllu ar y byd drwy'r ffenest a'r haen o wydr mân yn dal ar hyd y carped. Does 'na neb 'di dweud gair ers bron i awr, ond mae hynna'n iawn. Mae Meg yn pwyso ei phen ar fy ysgwydd, a dwi'n dechrau dod 'nôl i'r ystafell. Dwi'n cymryd anadl ddofn ac yn arogli ei phersawr cyfarwydd. Does dim rhaid dweud dim byd. Mae hi'n deall.

'O'n i'n meddwl… o'n i'n meddwl bo fi'n iawn…' dwi'n sibrwd.

Eiliad o dawelwch. Tawelwch cynnes, cyfforddus tro 'ma.

'Dydi'r petha 'ma ddim yn *linear*,' mae'n ateb yn dawel. 'Mae *blips* yn rhan o wella.'

'*Pretty big blip* os ti'n gofyn i fi,' dwi'n ateb. Alla i deimlo Meg yn gwenu ar fy ysgwydd.

Eiliad fach arall.

'Fyddi di'n *fine*. Wir,' mae'n sibrwd.

Dwi'n eistedd i fyny ychydig a chlywed fy esgid yn crensian ar ddarn o wydr.

'O'n i'n gneud mor dda. O'n i'n meddwl bo fi'n *back to normal*.'

Mae Meg yn eistedd i fyny hefyd ac yn fflicio darn bach o gŵyr i ffwrdd o'i braich.

'Dwi'm yn meddwl bod 'na *back to normal*. Jest *new normal*. Mae 'na fyny a lawr, ti jest yn gorfod… cario mlaen.'

'Dan ni'n syllu drwy'r ffenest ar orwel y ddinas.

'Dwi'n siomedig ynddo ti, *though*,' meddai Meg.

'Pam?'

''Nes i hwfro'r blydi carped 'ma pnawn 'ma!' mae'n ateb efo chwerthiniad isel.

A 'dan ni'n chwerthin. Chwerthin go iawn. Ac ar ôl cychwyn, mae hi'n anodd iawn stopio. Ar ôl sbel, mae'r chwerthin yn cilio, a dwi'n dal i syllu drwy'r ffenest ar y tywyllwch sydd bron iawn â throi'n wawr. Dwi'n anadlu allan yn araf.

''Na i glirio bob dim rŵan,' dwi'n dweud yn araf.

''Na i helpu ti. Cer i nôl yr *hoover* a 'na i roi'r tegell 'mlaen i ni. 'Nawn ni wneud hyn efo'n gilydd,' ateba Meg yn gynnes.

'Diolch,' dwi'n dweud. 'Am bob dim. 'Na i godi rŵan.'

Ond dwi ddim yn codi. Dwi a Meg yn aros ar y llawr yng nghanol y gwydr am sbel. Ac yn ddigon rhyfedd, dwi'n sylwi 'mod i heb glywed dim byd gan y llais ers bod 'nôl yn y fflat.

'*Actually...*' dwi'n dweud wrth weld awgrym o wawr yn torri ar y gorwel; golau'r haul yn bygwth pipian rhwng adeiladau'r ddinas. 'Does na'm *rush*, nagoes?'

Mae Meg yn gwenu arna i wrth i ni suddo 'nôl lawr yn erbyn y soffa.

'Nagoes,' mae hi'n ateb. 'Dim *rush* o gwbl.'

Y Waywffon
O DDYDDIADUR LONGINUS

MATH WILIAM

Roedd un heddiw'n wahanol. Rwyf wedi hen arfer hebrwng y troseddwr, ei osod ar y groes, taro'r hoelion i mewn efo'r morthwyl – un, dau, tri, pedwar – yna codi'r croesau nes bod y dynion yn hongian yno'n hardd. Hwythau'n gwybod mai dim ond oriau sydd ganddynt ar ôl i ddifaru. Dyma fy ngwaith wedi'r cwbl, ac rwy'n ymfalchïo mewn gwneud job dda, fel pob Rhufeiniwr arall. Ond roedd un heddiw'n wahanol.

Gŵr o Fethlehem oedd prif offrwm y dydd, wedi ei gyhuddo o geisio arwain yr Iddewon. Wnawn nhw fyth ddysgu. Ni wyddwn yr holl stori, ond mae'n debyg ei fod yn un o'r pregethwyr hynny sy'n aml yn bod yn niwsans o amgylch Nasareth. Mae'r rhain yn cael eu goddef fel arfer, ond aeth y boi yma'n rhy bell. Dinistrio teml yn enw heddwch, dyna un o'r pethau wnaeth o.

Roedd dau arall gydag ef – rhyw ladron darostyngedig yr oedd ein Hymerodraeth wedi cael llond bol arnynt. Pa ffordd well o osod esiampl i'r bobloedd gyntefig hyn na thrwy gosbi dihirod yn llym?

Cafodd y dorf hwyl yn poenydio'r proffwyd honedig. Gofynnodd un offeiriad iddo pam nad oedd yn achub ei hun os oedd wir yn fab i Dduw. Wel, doedd ganddo ddim ateb i hynny, nagoedd. Y peth cyntaf wnaeth fy nharo'n od oedd ymddygiad y gŵr sanctaidd honedig. Ymunodd un o'i gyd-grogwyr yn hwyl y dorf. Petai rhywun yn gwneud hynny i mi a minnau mewn poen, byddwn i'n gandryll. Ond maddau iddo wnaeth y pregethwr, gan ofyn i'w 'Dad' faddau i'w ddifrïwyr hefyd. Dywedodd nad oedd y bobl oedd yn ei watwar yn deall yr hyn yr oeddent yn ei wneud. Nonsens, roedden nhw'n deall yn iawn.

Ond rwy'n drysu, yr hyn roeddwn i eisiau sôn amdano oedd yr hyn ddigwyddodd cyn i mi ei roi ar y groes. Cafodd gynnig diod, ond gwrthododd. Ar ôl iddo wrthod, edrychodd arnaf a chefais brofiad rhyfedd iawn. Nid wyf yn siŵr sut i ddisgrifio'r peth, ond teimlais am ennyd fy mod i y tu allan i amser. Rwy'n dweud ennyd, ond i mi, teimlai fel tragwyddoldeb. Fel petawn yn disgyn am byth i law dyner, fwyn fyddai'n fy nal. Roedd ei lygaid brown yn dangos emosiwn anodd ei ddehongli. Gallaf ond ei ddisgrifio fel rhyw fath o fodlonrwydd eang, dwfn. Fel Môr Galilea, ond ei fod yn gynnes. Cynnes a maddeugar. Roeddwn i'n teimlo ei fod yn maddau i mi. Ond pam bod angen maddeuant arnaf? Dim ond gwneud fy swydd oeddwn i. A'i gwneud hi'n dda. Cefais achos i amau hyn yn ddiweddarach.

Roeddwn i'n teimlo reit anesmwyth ar ôl ei osod yn ei briod le. Doeddwn i ddim yn mwynhau edrych ar y gwaed yn diferu o'r arddyrnau a'r traed, fel paent coch, drud. Ydi gwaed yn ddrutach na phaent, sgwn i? Go brin. Wrth edrych ar y gwaed heb y mwynhad arferol, teimlais y llawr yn ysgwyd. Yn llythrennol. Gwn fod hyn yn swnio'n hurt, ond dyna ddigwyddodd. Crynodd y byd.

Nid fi oedd yr unig un a deimlai'n anghysurus – roedd sŵn hwyl y dorf wedi tawelu, a rhyw siarad mân pryderus wedi cymryd ei le. Dywedodd un hen ŵr wrthyf ei fod wedi clywed am gryniadau yn digwydd o'r blaen, a'i fod yn rhywbeth i'w wneud gyda chreaduriaid sy'n byw o dan y tir, ac mai'r rhain wnaeth ddymchwel waliau Jericho amser maith yn ôl. Wyddwn i ddim a ydw i'n credu hyn oherwydd mae anifeiliaid sy'n byw yn y ddaear fel arfer yn fach. Oni bai bod pryf genwair anferth wedi tyfu'n rhywle ac yn llithro o gwmpas o dan ein traed?

Nid oedd y crynu'n ddigon i aflonyddu'r dienyddio, diolch i'r Duwiau. Er bod y ddau arall yn gweiddi a bytheirio, ddaeth yna ddim smic o enau'r dyn hynod yn y canol. Roedd yn dawel fel y bedd. Roeddwn i'n gallu dweud ei fod yn gwanhau, ond yn rhyfedd iawn, ni phylodd y golau o'i lygaid. Roedden nhw mor ddisglair ag erioed.

Roedd yr hyn a ddigwyddodd nesaf yn waeth na'r crynu. Daeth tywyllwch. Wir rŵan, aeth hi'n dywyll, a hithau'n ganol dydd. Roedd fel petai'r llygaid yna wedi amsugno holl oleuni'r byd. Mae pawb yn gwybod fy mod i'n ddyn dewr, ond dyma gyffesu: teimlais ofn. Nid ofn fel ofn gelyn ar faes y gad, neu'r llewod hynny sydd i'w gweld yn y Coliseum yn ystod gŵyl y gorfoleddu – y llewod a'u dannedd miniog a'u calonnau blin – ond ofn dyfnach. Roedd yn debyg i'r hyn mae fy mrawd yn ei ddisgrifio pan mae'n cael y felan ac yn gwrthod codi o'i wely. Roedd fel petai fy nghalon wedi suddo i lawr trwy fy nghorff, heibio fy stumog, i lawr fy nghoesau, trwy fy nhraed, ac i mewn i grombil y ddaear. Dychmygais fy nghalon yn suddo'n is ac yn is, heibio'r cawr pryf genwair, i lawr ac i lawr ac i lawr i'r düwch mawr.

Roedd natur y teimlad yn debyg i'r hyn a welais yn llygaid y gŵr condemniedig, ond gydag aflanrwydd yn hytrach na chariad. Edrychais ar ei wyneb eto a gweld creithiau'n ymddangos, fel y creithiau pan fyddwn ni'n cael hwyl yn chwipio carcharorion. Ond doedd dim chwip, dim ond Ef ei hun.

Gofynnais i'r hen ŵr a oedd ganddo esboniad dros y tywyllwch. Dywedodd iddo weld rhywbeth tebyg yn y gorffennol, pan symudodd y lleuad i orchuddio'r haul am dipyn. Ond doedd dim lleuad yn agos at leoliad yr haul yn yr wybren. Roedd pobl yn dechrau gadael erbyn hyn, yn brysio adref gan wneud esgusodion eu bod angen bwydo'r anifeiliaid. Ofnus oedden nhw, fel finnau. Roedd yr awyrgylch yn arswydus.

Roedd yr oriau nesaf yn hunllefus. Teimlais ar adegau fy mod i'n hongian gyda nhw ar groes. Croes o'm gwneuthuriad fy hun. Doeddwn i'n methu â dirnad sut roeddwn yn arfer mwynhau'r rhan hon o'r swydd, y disgwyl a'r dioddefaint. Roedd fy nynion yn teimlo'r un ffordd, yn ôl pob golwg – dim o'r codi hwyl a thynnu coes arferol, dim ond distawrwydd. Cofiais adegau o f'arddegau pan roeddwn i'n gwneud drygau. Torri ffenestri, taflu wyau at yr henoed – pethau felly. Roeddwn i'n lwcus bod gan fy nheulu ddigon o synnwyr cyffredin i'm gyrru i ffwrdd i'r fyddin cyn i mi fynd yn rhy bell. Ond beth petai hynny heb ddigwydd? Onid lwc oedd yn gyfrifol am y ffaith fy mod i lawr wrth draed y croesau gyda gwaywffon yn fy llaw, a hwythau fyny'n fanna?

Roedd pob eiliad yn cropian heibio fel un o'r pryfed cop hynny o'm plentyndod, ar ôl i mi dynnu hanner eu coesau i ffwrdd. Yr un mor araf, yr un mor boenus. Pam nad oeddwn erioed wedi ystyried cyn rŵan pa mor erchyll fyddai i'm coesau innau gael eu cipio oddi wrthyf yn yr un modd? Edrychais ar y llawr mewn cywilydd. Gwelais bry cop yn cropian heibio. Wnes i ddim sathru arno.

'Syr,' sibrydodd un o fy swyddogion yn fy nghlust. Roeddwn yn gallu teimlo gwres gwlyb ei anadl arnaf, ac roeddwn yn falch o'r cysylltiad dynol hwnnw, rhywsut.

'Beth sydd, filwr?'

'Mae rhai o'r dynion yn trafod ffoi. Mae ganddynt ofn am eu bywydau. Credaf y byddai'n well rhoi terfyn ar hyn rŵan, cyn i ni ddwyn gwarth ar yr Ymerodraeth.'

Ystyriais ei gais. Roedd synnwyr yn yr hyn yr oedd yn ei ddweud. Doedd dim pwrpas amlwg dros ganiatáu i'r gyflafan barhau. Yn wir – ac roedd y syniad hwn yn un newydd i mi – oni fyddai'n fwy caredig dod â'r dioddefaint i ben? Nid ydyn ni, Rufeiniaid, wedi cael ein dysgu i ddangos caredigrwydd tuag at neb, bron, er i bawb wybod mor amhosib yw gwrthod y demtasiwn weithiau gyda'r plantos. Ai camgymeriad oedd hyn? Ond na, all hynny ddim bod. Roedd ein creulondeb a chaledwch ein calonnau wrth wraidd ein llwyddiant digynsail. Pam fyddai Duw sydd o blaid caredigrwydd yn caniatáu i bobl fel ni reoli'r byd? Roedd fy mhen yn troi wrth geisio gwneud synnwyr o'r meddyliau hyn.

Cefais fy ysgwyd o fy synfyfyrio gan waedd.

'Fy Nuw, fy Nuw, pam wyt ti wedi fy ngadael?'

Dyna ni felly, roedd o wedi datgyffesu ei gred. Roedd Rhufain wedi ennill, roedd gen i gyfiawnhad i wahanu'r corff o'i ysbryd. Cerddais at y groes a gofyn iddo, 'A hoffech ddiod i dorri'ch syched, ynteu waywffon i dorri'ch cysylltiad â'r byd meidrol hwn?'

Edrychodd arnaf â llygaid llawn caredigrwydd. 'Y ddiod.'

Nid yr ateb yr oeddwn wedi gobeithio ei gael. Es i draw at y llestr oedd yn cadw'r gwin sur. Roedd darn o bren â sbwng wedi ei atodi i'w ben wrth ei ymyl. Dodais y sbwng yn y gwin a cherdded yn ôl at y groes. Codais y pren tuag at y pregethwr a'i ddyfod ar ei wefusau, ac fe gymerodd.

'O Dad, i'th ddwylo di yr wyf yn cyflwyno fy ysbryd,' meddai.

Penderfynais mai dyma'r foment. Gorchmynnais fy swyddog darostyngedig i dorri coesau'r trueiniaid, gan mai dyma'r ffordd draddodiadol o gyflymu eu taith tuag at farwolaeth. Ni chefais fwynhad o glywed sgrechfeydd y lladron y tro hwn. Erbyn iddynt gyrraedd y Gŵr, daeth hi'n amlwg nad oedd angen. Roedd wedi ein gadael.

Fy swydd i yn y sefyllfa hon yw cadarnhau'r farwolaeth. Felly, cerddais ato gyda'r waywffon â'r bwriad o drywanu'r corff, ond wrth agosáu, cefais fy nharo'n fud gan ei edrychiad truenus. 'Nid da o beth yw'r hyn a wnaethom heddiw,' clywais rhywun yn dweud gerllaw. Pwy ddywedodd hynny? Trois er mwyn ceisio canfod ffynhonnell y llais. Ond doedd neb yno. Ai fi ddywedodd hyn? Teimlais fy mod yn dechrau colli arnaf.

Trywanais Ef. Fe waedodd, do. Gwaed dynol fel pawb arall. Ond nid gwaed yn unig. Gwaed – a dŵr. Dŵr. Dŵr, yn dod o gorff dyn. Diferodd peth o'r gwaed ar fy wyneb. Roeddwn i'n falch iawn bod hyn wedi digwydd gan iddo guddio'r ffaith fy mod yn wylo. Fi, yn wylo. Roedd y gwaed yn gynnes braf ac yn fy atgoffa o'r adegau pan mae'r ci yn llyfu fy wyneb yn gariadus ar ôl i mi ddychwelyd adref ar ôl diwrnod hir o waith.

'Hwyl fawr, gyfaill,' meddais. Er bod fy swyddogion yn

sefyll y tu ôl i mi, roeddwn i'n gwybod nad oedden nhw am fy ngwatwar am ddangos emosiwn. Nid y tro hwn.

Clywais sŵn rhwygo dieflig yn dod o rywle tu ôl i mi. Sychais fy llygaid a throi i ymchwilio. Be rŵan?

Roedd llenni coch y deml gyfagos wedi eu rhwygo'n ddau, yn berffaith trwy'r canol, gan gwympo i'r llawr. Roedd y defnydd yn drwchus; nid tric gan blant oedd hyn. Roedd fy nghyd-filwyr yn agosáu at banig llwyr erbyn hyn. Gwaeddodd un ohonynt, 'Mae'n rhaid mai Mab Duw ydoedd!'

'Distawrwydd!' Er fy mod yn cydymdeimlo ag ef, roeddwn i'n teimlo ym mêr fy esgyrn bod risg gwirioneddol y gallai pobl fynd o'u coeau fan hyn, ac roedd cyfrifoldeb arnaf fel yr uwch-swyddog presennol i gadw'r heddwch. Doedd dim modd dad-wneud y difrod oedd wedi ei wneud eisoes, ond roedd gen i'r pŵer i atal pethau rhag gwaethygu ymhellach.

'Torrodd y wawr' oedd yr hyn roeddwn am ei ysgrifennu rŵan, ond wrth gwrs, dyw hynny ddim yn gwneud synnwyr. Ailoleuodd yr olygfa. Nid wyf erioed wedi bod mor falch o weld goleuni.

Gorchmynnais y swyddogion i ddod â'r croesau i lawr. Roeddwn mor falch bod rheolau llym ynghylch beth i'w wneud â'r cyrff, fel arall, byddwn wedi wynebu penderfyniad nad oeddwn eisiau ei ystyried. Ein tasg olaf am y dydd oedd eu cario yn ôl i Jerwsalem, a'u trosglwyddo i feddiant Pilat.

Daeth offeiriad o'r Deml ataf, gan fynnu iawndal am ei lenni. Cofiais mai hwn oedd y dyn wnaeth watwar y Gŵr Sanctaidd ar y groes. Roedd yn un o'r bobl wnaeth ofyn iddo pam na fyddai ei 'Dad' yn ei achub.

'Rwy'n siŵr y gwnaiff eich Duwiau eu hatgyweirio i chi,'

meddais, cyn troi fy nghefn arno. 'Os ydych eisiau mynd â hyn yn bellach, rwy'n siŵr y byddai Pontius Pilat yn hapus i glywed eich cwyn.' Sgrialodd i ffwrdd, y cachgi.

A dyna ni wedyn, ar ôl lapio'r cyrff mewn llieiniau a pharatoi'r croesau ar gyfer y daith yn ôl, doedd dim ar ôl i'w wneud ond dechrau'r daith tuag adref. Doedd adref ddim yn bell, ond roedd y mynd yn araf gan fod angen cario'r croesau a'r cyrff, a thraed pawb yn drwm. Sicrheais y tro hwn bod fy swyddogion yn trin y cyrff â dyledus barch, hyd yn oed rhai'r lladron.

Doedd dim llawer o awydd sgwrsio arnaf wrth gerdded tua'r dref, gyda'm traed yn boenus a'm pen yn chwyrlïo. Ond daeth un o ddisgyblion y dyn yr oeddent yn ei alw'n Iesu ataf i ddiolch i mi am ddangos rhywfaint o drugaredd yn ystod y dydd. Nid oedd gennyf yr ewyllys i'w droi i ffwrdd.

'Roedd hwnna'n brofiad rhyfedd iawn,' meddwn wrtho. 'Ydych chi wir yn credu mai Mab Duw ydoedd?'

'Alla i ddim profi'r peth, ond rwy'n gwybod mai dyna pwy ydoedd. Gwelais ei wyrthiau a theimlais rym Duw yn gweithredu trwyddo. Mae fy ffydd yn hyn o beth yn absoliwt.'

'Os felly, ydych yn meddwl y gwnaiff o faddau i mi am yr hyn ddigwyddodd heddiw?'

Gwenodd y disgybl. 'Pwysigrwydd maddeuant oedd un o'i brif themâu. Rwy'n sicr y cewch faddeuant. Yn wir, dywedodd Crist wrthyf unwaith ei fod yn ymwybodol mai dyma fyddai ei dynged, marw dros bechodau meidrolion.' Oedodd am ennyd, gan edrych yn ôl tuag at Galfari.

'Mae gwaith mawr o'n blaenau ni, ei ddisgyblion, wrth geisio deall a dehongli ei neges. Roedd hi'n neges mor anodd ei deall ac yn llawn gwrthgyferbyniadau. Bod y gwan yn gryf a'r tlawd yn gyfoethog. Ond un peth rwy'n sicr yn ei gylch yw mai heddwch oedd ei nod. Rwy'n credu ei fod Ef, a'r llygaid hynny oedd yn gweld mor bell, wedi dod i'r casgliad mai aberthu ei hun oedd pris yr heddwch hwnnw.'

Wnaethon ni ddim siarad rhagor wedi hynny, dim ond cerdded yn araf tuag at giatiau'r ddinas. Wrth drosglwyddo'r cyrff i ofal dynion Pilat, mynnais bod neges bersonol yn cael ei roi iddo, dan sêl. Ysgrifennais y canlynol.

Syr. Digwyddiadau hynod yn ystod y croeshoeliad. Crynodd y ddaear, bu tywyllwch a rhwygwyd llenni'r Deml mewn ffordd na allaf esbonio. Awgrymaf eich bod yn trin y corff â pharch – rhag ofn.

Roeddwn i'n gwybod bod risg ynghlwm â rhoi neges o'r fath i'r Dyn Mawr, ond roeddwn i'n ymwybodol ei fod wedi teimlo cryn anesmwythdod ynghylch yr holl beth ei hun, ac roeddwn yn gobeithio y byddai'n deall mai ceisio ei warchod yr oeddwn. Amser a ddengys.

Ar ôl cyrraedd adref, dweud helô wrth y ci a chusanu'r wraig, eisteddais yn fy hoff gadair. Dyna lle'r ydw i rŵan, yn sgwennu hyn i lawr yn fy Lladin gorau ar ddarn o femrwn roeddwn i'n ei gadw at achlysur arbennig. Heb gadw cofnod, roeddwn i'n poeni y byddwn yn anghofio am deimladau heddiw, a fynnwn i ddim anghofio. Er, go brin y gwnaf i hefyd. Ni allaf gau fy llygaid rŵan heb weld ei lygaid Ef. A'r groes, a'r gwaed.

Yr hyn rwy'n ceisio gwneud synnwyr ohono ydi'r newid yn fy emosiwn tuag at ddioddefaint eraill. Cefais fy nysgu o oed ifanc iawn bod rhaid caledu eich calon tuag at unrhyw deimlad o dosturi; mai'r hyn sy'n dda i'r Ymerodraeth sy'n dda i'r ddynol ryw, a bod dioddefaint pobl ddrwg yn rhan annatod o sicrhau'r ddisgyblaeth angenrheidiol yn enw cyfraith a threfn, sydd o fudd i bawb yn y pen draw. Ond ni allaf fod mor siŵr erbyn hyn. Roedd fy hen daid yn un o'r Galiaid fu farw'n ystod ymgyrchoedd Cesar. Petai hynny heb ddigwydd, a fyddwn i'n hapusach fy myd? A fyddwn i wir yn llai gwaraidd nag ydw i rŵan, fel milwr ym myddin yr Ymerodraeth? A fyddwn i'n hapusach? Am gwestiwn ysgytwol, nid wyf erioed wedi ystyried hynny o'r blaen. Ni wyddwn yr atebion i'r cwestiynau hyn. Mae gen i lawer i bendroni yn ei gylch.

Mae'r waywffon yn sefyll yn y gornel, y gwaed yn dal arni. Ni fyddwn yn ei defnyddio eto. Nid wyf yn credu y gwnaf i barhau i filwra – mae wedi colli ei apêl. Efallai yr af i borthmona, fel fy nhad. Rwy'n hoffi'r syniad o gerdded y tir efo'r anifeiliaid, gan edrych ar eu holau, fel pe baen nhw'n blant i mi. Dwi'n gwybod mai fi sydd wedi newid, ond mae'n teimlo fel petai'r byd wedi troi, rhywsut. Er, wyddwn i ddim a ydi'r ddelwedd honno'n gwneud synnwyr. Nid drwg o beth fyddai rhoi cusan i Mam eto chwaith. Roedd gan Grist fam.

Gwahoddiad

ALED JONES WILLIAMS

Cafodd Dyfan 'Hector' Preis y job berffaith.

Yr oedd o'n licio llonyddwch. Ac os oedd – ac mi roedd – yn cael ei styrbio'n weddol aml, styrbans eiliadau ydoedd i dderbyn yr ugain ceiniog oddi wrth y cwsmeriaid. 20 PEE, fel roedd o wedi ei brintio yn ei lawysgrifen orau efo ffelt pen ar y carbord petryal a'i osod yn erbyn y gwydr a gadwai ef a'r cwsmeriaid hynny ar wahân. Rhai yn gweld hynny'n ddigri. Ond nid digri i bawb yr arwydd arall wrth ymyl y twll agored yn y gwydr ymhle y derbyniai Dyfan yr arian: WEE DO NOT GIVE CHANGE. Ar ei liwt ei hun y gosododd hwn, ni wyddai cyngor tref Blaenau Seiont ddim am y peth. Oherwydd gwyddai Dyfan fod pobl weithiau – yn aml! – yn desbret fel y trawsant hanner can ceiniog, punt ar brydiau, ar y cownter. Y gorau oedd dyn o Birmingham efo papur decpunt yn unig. A'r ddynas nad oedd ganddi ddim ond iwros newydd sbon danlli ar gyfer ei gwyliau'n Sbaen drennydd.

Yr oedd y cyngor wedi bygwth ers tro byd beiriant darllen cerdyn banc.

Sôn am ddarllen, medrai Dyfan hefyd ddarllen yn hamddenol ac wrth ei bwysau. At ei gilydd dri llyfr yr wythnos. O'r siop elusen cathod rownd y gornel.

Ond y gorau oll gan fod anhwylder prostret, fel y dywedai, arno, pa swydd well na goruchwyliwr tŷ bach cyhoeddus? Ac arwydd arall bob tro y deuai'r alwad iddo, waeth pa amser o'r dydd ydoedd: CLOSED FOR LUNCH.

Ar ôl un o'r galwadau hynny heddiw a'i absenoldeb ychydig bach yn hirach oherwydd yr angen i lenwi'r mashîn condoms, dychwelodd Dyfan i'w seintwar a chanfod amlen – nid rhad, gwyddai – wedi ei gwthio drwy'r twll yn y gwydr.

Wedi ei hagor, darllenodd ar y cerdyn, eto nid rhad, ac o'i mewn y gwahoddiad hwn:

Fe'ch dewiswyd i ymuno â ni wrth Stand y Band heno ychydig cyn iddi dywyllu. Oddeutu 7 o'r gloch. Darperir gwin a lluniaeth ysgafn. Dowch fel yr ydych.

Nid oedd enw o dan y gwahoddiad.

Rhoddodd Dyfan yr amlen a'i chynnwys yn ei lyfr: *Riders of the Purple Sage*.

*

Yr oedd Jim Lassiter yn berwi o dan fonat y car. Ei ddwrn yn tynhau am y sbanar fel petai'r sbanar yn gorn gwddw rhywun.

Dywedwyd wrtho mai dim ond tri o geir y câi heddiw basio eu Hem-O-Ti. A dyma fyddai'r drefn: pasio'r cynta ben bora, ffêlio'r ddau arall, pasio'r nesa a'r un wedyn, ffêlio'r ddau ola ddiwadd pnawn. 'Got it, mêt,' dywedwyd wrtho. Pob ffeiliyr efo cost ecstra a fyddai'n amrywio o ryw gant a hannar i ychydig o dan drichant. Pethau na fyddai neb yn dadlau fawr ynglŷn â nhw ac felly'n osgoi amheuaeth: blêds weipars *all round*; dau deiar efo 'Fydd raid i chi ga'l rei newydd sbon, ma gin i ofn, os dach chi isio'r car nôl heddiw, fydd gynnon ni ddim *retreads* tan dy' Gwenar, sori', 'Rear lights 'di mynd, oddach chi'n gwbod?', 'Isio *wheel balancing*, cofiwch, a rwbath ar yr *indicators*.' A Gordon Sbiv, y perchennog, yn paredio rownd llawr y garej i ofalu bod yr hogia'n gneud 'job dda' a pha mor anodd fydda hi i 'run ohonyn nhw ga'l job fel mecanics mewn garejis erill tasan nhw'n penderfynu gadael am ryw reswm neu'i gilydd.

Car Jaquie Marsden oedd hwn, dau ddrws i lawr o dŷ Jim ac Anj a'r plant; fo yn ei ddiniweidrwydd recomendiodd Rust Not On Garage iddi efo: 'Gei joban iawn a finna'n dy drin di.'

Byddai Jaquie angen y car cyn pedwar.

'Ti 'di ffêlio, ma gin i ofn,' meddai Jim wrthi ar y ffôn.

'Dim dyna ddudast ti wsos dwytha,' meddai hi.

Ond nid oedd gan Jim fynadd efo cellwair yr amser cinio hwn.

'Dau deiar. Rai newydd, gin i ofn. Dim *retreads* tan ddy' Gwenar.'

'Begars can't be tjwsyrs, 'de. Fel gwuddosd di'n iawn.'

'Sud ma bych?'

'Fory ma'r trîtment newydd yn dechra. So, angan bod yn Alder Hey heno.'

Pan ddychwelodd Jim Lassiter at y car, o dan y bonet agored ar yr injan yr oedd amlen.

Efo'i ddwylo'n llawn oel, rhwygodd yr amlen ar agor gan ddarllen be oedd ar y cerdyn oddi mewn:

Fe'ch dewiswyd i ymuno â ni wrth Stand y Band heno ychydig cyn iddi dywyllu. Oddeutu 7 o'r gloch. Darperir gwin a lluniaeth ysgafn. Dowch fel yr ydych.

Gwasgodd Jim yr amlen a'i chynnwys yn ei ddwrn a'u gwthio i boced ei ofyrôls.

'Rwbath ddylswn i boeni amdano fo'n fanna, Lassiter?' ebe Gordon Sbiv wrtho.

'Dim byd mwy, Sbiv, na fod car da 'di methu 'i Em-O-Ti.'

*

Angen mawr, mwyaf a mwy – yn y drefn yna – y Ditectif Sarjant Cen O'Malley oedd llofruddiaeth go iawn. Myrdyr o'r iawn ryw, ond dim otj pa ryw, cyn belled â'i fod yn un y medrai ef roi ei ddannedd ynddi fel Hannibal Lecter. Ym Mlaenau Seiont os oedd llofruddiaeth, rhywbeth tila ydoedd – sgil-gynnyrch domestig gan amlaf, nad oedd a wnelo ddim â'r gair mawr ac allweddol hwnnw: *premeditated*. Murder-One, mewn Americaneg. Y gwaethaf allai ddigwydd yn y twll lle 'ma oedd un dyrnod hegar gan un boi i un arall tu allan i'r Vaults nes peri ei farwolaeth. Damwain oedd peth fela, siŵr, nid myrdyr.

Angen D.S. Cen O'Malley oedd coes mewn bag plastig du yn yr hesg ar Y Foryd. Dod o hyd i'r torso ymhen dyddiau yn hen ffatri Ferodo. Y pen maes o law yng Ngwalchmai. Y ddwy law wedi eu hoelio i'r hen ywen yn Llanddeiniolen. Yr ID o'r P.M. yn datgelu dyn a fu farw – i fod! – yn ôl y records ym 1964.

Rhoddai unrhyw beth am rywbeth fel hyn. Byddai'n fodlon gwisgo fel Vera Stanhope er mwyn ei gael. Afon Menai a thonnau gwyllt y môr fel bacdrop i'r ffilmio a fyddai'n bownd o ddigwydd. Y *Shetland* newydd. Maes awyr Dre yn ganolog i'r digwyddiadau. I fanno yr hedfanai Carlos y Badjyr, hitman Cartel y Pesdasos gan ddefnyddio y ffugenw Dylan Marles, fel y medrai fynd ar goll ymhlith y Cymry.

Byddai hyd yn oed yn fodlon symud o dref annwyl

Blaenau Seiont i fyw mewn cwt sinc yng Nghors Caron mewn mwrllwch a depreshyn yn agos i brifddinas *noir* Cymru, Tregaron, ond iddo gael un myrdyr gwerth chweil. Fe werthai ei enaid i S4C fel Dr Faustus i'r diafol.

Pam, O! pam y ganed ef yn hytrach na chael ei ysgrifennu yn Thriller?

Rhyw feddyliau fel hyn a feddianna ddarfelydd D.S. Cen O'Malley wedi iddo ddychwelyd o'r pafin peryglus o wydr mâl yng ngardd gefn 'Carpets' Morgan a'i dŷ gwydr siwrwd; y pedwerydd tŷ gwydr ar ddeg i gael ei fandaleiddio y mis hwn.

'Sgynnoch chi ddim clŵ, nagoes?' meddai 'Carpets' wrtho, 'Lwcus ar y diawl nad sirial cilyr tua Rhos Isa sy 'na.'

'O! Ia plis,' meddai Cen wrtho'i hun.

A dyna pryd y gwelodd ar ei ddesg yr amlen gymen lliw hufen, ei enw ar y tu blaen mewn italics. Am funud meddyliodd mai cadarnhad o'i dderbyniad i blith y seiri rhyddion ydoedd. Siomiant felly oedd darllen y cerdyn y tu mewn:

Fe'ch dewiswyd i ymuno â ni wrth Stand y Band heno ychydig cyn iddi dywyllu. Oddeutu 7 o'r gloch. Darperir gwin a lluniaeth ysgafn. Dowch fel yr ydych.

Y tro diwethaf iddo gael rhywbeth fel hyn oedd pan godwyd ef yn flaenor.

Pam yr oedd siomiant yn hydreiddio ei fywyd?

*

I be oedd angen bin sbwriel ar April Moody os oedd hi'n medru cael gwared ar y poteli jin ym miniau Gwesty'r Dublin dros ffordd iddi? Hyn a wnâi bob bore Llun yn gynnar iawn, cyn iddi oleuo – rhoi ei gŵn nos amdani, ac yn ei slipars, pwy fyddai'n ei gweld? Dim ond ambell gath.

Pam cofnodi hyn? Yn syml oherwydd at April Moody y byddai Elder Tull ac Elder Heinz yn mynd yn wythnosol. Nid oedd dim yn ei phlesio'n fwy na darllen Llyfr Mormon efo'r ddau ŵr ieuanc, glandeg, short bac an' sides, crysau claerwyn, teis duon hyn. Eu henwau ar eu bathodynnau: ELDER TULL ac ELDER HEINZ.

Ond Elder Tull oedd ei ffefryn. O Miss Hipi yn wreiddiol, fel yr esboniai hi'n floesg wrth bawb oedd yn ei chyhuddo o gael ffansi man, a hithau'n piffian chwerthin yn foddhaus wrth wadu mai dyna'r peth olaf oedd Elder Tull yn ei bywyd. Niwsans braidd oedd Elder Heinz, hen Jyrman laddodd hogia'r Dre 'ma. Ond, gan mai yn ddeuoedd yn ôl gorchymyn Iesu Grist yr âi'r Mormoniaid allan i genhadu yr oedd rhaid iddi fodloni ar ei bresenoldeb a cheisio cymryd arni ar yr un pryd nad oedd o yna, yn bennaf drwy edrych yn barhaol i gyfeiriad Elder Tull. Y ddau ohonynt yn sipian glasiadau o ddŵr – nid yw'r Mormoniaid yn cael yfed te na choffi, er mawr ddirgelwch iddi – ac yn darllen am Moroni a Nephi ac Alma. Yr oedd 'na Alma yn 'rysgol efo hi. A gwefr gwybod bod Mormons yn cael mwy nag un wraig. A dewrder Bringham Young yn mynd â nhw drwy'r anialwch i Utah. Un tro chwaraeodd Elder Tull recordiad ar ei ffôn o'r côr yn canu: 'Mine eyes have seen the glory of the coming of the Lord'. Yr oedd ei fam yn soprano yn y côr hwnnw, a'i dad yn fariton, ei chwaer yn alto, a'i dri brawd yn denoriaid. Yr oedd dŵr yn ei lygaid wrth wrando. O! biwtiffwl, meddai April Moody drwy gydol y perfformiaid. O! biwtiffwl. A hithau bron â thorri'i bol isio gofyn i Elder Tull faint o wragedd oedd ganddo fo, ac a oedd yna limit ar faint fydda fo'n ei gael.

Ar ei ben ei hun yr oedd Elder Tull y prynhawn hwn. Yr

oedd Elder Heinz yn giami. Ond ni wyddai efo beth. Nid oedd yr un o'r ddau'n siarad am bethau o bwys efo'i gilydd. Er nad oedd i fod i genhadu ar ei ben ei hun, penderfynodd fynd i weld April Moody. Gwyddai'n iawn na fyddai hi fyth yn troi'n Formon, hi na neb arall yn y lle 'ma. Yr holl guro drysau ym mhob tywydd. Yr arferol: 'no thanciw'. Y nonsans llwyr yn Llyfr y Mormon yr oedd o wedi hen roi'r gorau i'w goelio. Ond na wyddai sut ar wyneb y ddaear i ddianc rhagddo heb golli ei deulu, yn wir ei holl fyd. Doedd o ddim mor ddewr â hynny. Felly April Moody amdani. Y gwydr dŵr iddo fo, a'r dŵr oedd yn ogleuo'n rhyfeddol o debyg i jin iddi hi, gwyddai'n iawn. Hem ei sgert yn codi fymryn bach yn uwch i fyny ei chluniau efo pob galwad. A darllen Llyfr Mormon eto.

Cnocio'r drws. Y rhyfeddod yn ei llygaid o'i ddarganfod ar ei ben ei hun ar sdepan ei drws yn werth ei weld. Yn gymaint o ryfeddod iddi nes yn ddiarwybod agorodd fotwm uchaf ei blows.

Mae gin i syrpréis, addefodd April gan godi o'r stand ambaréls yn y pasej amlen hynod o hardd a'u henwau nhw eu dau ar y tu blaen: Ms. April Moody & Elder Tull. Neithiwr y daeth hi, ac esboniodd mai gwahoddiad ydoedd iddyn nhw fynychu Stand y Band ar y Cei heno, chydig cyn iddi dywyllu, tua saith. Byddai gwin a lluniaeth. Wrth gwrs, nid oedd rhaid iddo gymryd y gwin, haerodd April. Medrai ei basio'n slei iddi hi os teimlai ef embaras o wrthod.

'Ond be rŵan?' meddai hi.

*

Twenti tŵ, tŵ lutyl dycs, meddai'r llais llawn eco drwy'r meicroffon yn Ben's Bingo Hall chwarter llawn y pnawn hwn.

Bingo! Gwaeddodd Maple O'Riordan, â'i llaw i fyny.

A chyflwynwyd y panda anferth mewn pabell o fag plastig iddi.

'Ges i hwn 'thefnos yn ôl,' meddai wrth y boi a gyflwynodd ei gwobr iddi.

'Ond nid 'run un ydy o, naci? Mae o'n wahanol, dydy. Wrach mai twin y llall ydy o.'

''Run peth 'dy o, 'te? Y diawl gwirion. Oni 'di meddwl ca'l cash prais.'

'Ti'n gwbod yn iawn sa'm cash praisus yn pnawnia. Mond gyda'r nosa, Ffraide tw Synde. Gei di'r cangarŵ'n ei le fo 'stisio.'

'Ty'd 'mi'r cangarŵ, 'ta. I be sa rwyn isio dau ffwcin panda?'

A hithau bellach yn yr hyn a alwai yn ffrynt rŵm ar y soffa rhwng llew a phanda, carw Bambi a chobra, wedi gosod y cangarŵ wrth ochr yr asyn aeth i Fflint, chwedl hi. Ar y gadair arall, gwelodd o bowtj y cangarŵ amlen yn piciad allan.

O'i mewn yr oedd gwahoddiad i Stand y Band heno.

*

Patrwm arferol y Chwiorydd Tripp oedd i'r ddwy fynd i'r siop. Un ohonyn nhw wedyn i greu ryw stŵr o fath: er enghraifft yn 'ddamweiniol' ddymchwel y pyramid o duniau bîns oedd ar offyr efo 'Sori! Sori! Sori!' a fyddai'n tynnu sylw'r seciwriti gan adael i'r llall fedru dengid allan efo'r wîcli shop. Weithiau llewygu a chreu medical imyrjynsi, ond 'Dwi'n iawn, dwi'n iawn', jysd cyn i'r ambiwlans gyrraedd. Sŵn yr ambiwlans yn diffodd jysd abowt sŵn y larwms ger y slaiding dôrs am allan. Y llall yn mynd heibio i ddrysau agored yr ambiwlans efo'r ffrôsyn tyrci, tjips, micsd fej, iorcshyrs a Bisto. Y pîs-of-ddy-risustans, chwedl y ddwy, oedd cyn Dolig dwytha fachu Smart TV, 65 insh sgrin yn 'i bocs drwy i un ohonyn nhw dynnu'r cord *disabled* yn y toilet *disabled* gan daeru iddi feddwl mai'r tjaen lafytri oedd o a'r seciwriti yn edrach arni i fyny ac i lawr a deud, 'Sgynno chdi ddim *disability*,' a hitha'n atab, 'Not ôl disabilitis ar fusubl.'

Roedd y ddwy yn casáu swpymarcets.

Yn enwedig Pepco lle roedd y seciwriti, yn eu tyb hwy, yn arbennig o thic: corff bob un dyn seciwriti fel radieitor lori articiwlated, a brên tomato sos.

A phan oeddan nhw adra'n ôl yn edrach ar 'ddy spoils', chwedl hwy, yn gorlifo bwrdd y gegin: Efri lityl helps, dywedai'r naill wrth y llall. A chwerthin mawr.

Ond nid yw'r seciwriti mor thic a feddyliodd y ddwy.

Y tactic heddiw yn Lutl Buy Lutl gan y ddwy chwaer oedd i un fynd â'i throli llawn dop at y tils, ac wedi i'r cashyr sganio pob dim, a gofyn am y *clubcard* bondigrybwyll a chael 'Sgin i'm un' yn ateb, ac i'r cashyr ddeud y gost: 'Hyndryd an tŵ forti sics, del'. Hithau wedyn yn chwilio am ei phwrs, a chael nyrfys breicdown masif o flaen pawb oherwydd iddi hi 'i anghofio fo adra – ei phwrs, hynny ydi – a staff y siop yn trio'i chalmio hi lawr, y llall wedyn yn mynd allan efo'r wisgis oedd ar ordor gin eu cliants arferol nhw. Ond, wrth gwrs, a hithau ar fynd drwy'r drws yn ei disgwyl yr oedd y seciwriti. Boldar o foi yn wên i gyd o'i blaen. Boldar o foi arall, eto'n wên i gyd, y tu ôl iddi.

'Tjecio bag chdi, mêt,' dywedwyd wrthi.

'Cei siŵr,' meddai hithau oedd un cam ar y blaen i'r thico yn ei gŵydd. Agorodd ei bag gwag i'w ddangos iddo.

Rhoddodd y seciwriti ei law i mewn yn methu credu'r gwacter gan dynnu allan mond amlen, sbio'n hurt arni a'i gollwng yn ffwr-bwt yn ôl i'r bag negas.

'Gwêd,' meddai wrthi.

Pan ddychwelodd y chwaer arall yn ôl efo'r wisgis wedi gwella'n rhyfeddol o'r brecdown gynnau, agorodd y ddwy yr amlen a rhyfeddu at y gwahoddiad i'r Stand Band heno, ond hefyd efo twtj bach o amheuaeth rhag ofn mai rhyw fath o drap ydoedd.

*

Mis ers ei ryddhau eisteddai'r Canon – fel roedd – Seithenyn Talbot eto fyth ar waelod y grisiau yn y bloc o fflatiau yr oedd y *probation* wedi ei roi iddo dros dro, y tàg ar ei ffêr yn teimlo'n drwm. Yntau ar fin mynd i ddangos ei wyneb yng ngorsaf yr heddlu, disgynnodd drwy'r letyr bocs i blith flyers Mamma's Pizzas a Billy Royal's Circus Voucher a We Buy Gold, a llanast arall, amlen a'i enw ef arni.

*

Tair oed oedd Nans Hewitt pan welodd ef gyntaf.

O leiaf dyna ddamcaniaeth ei mam. A mam sy'n gwybod.

Adrian oedd ei enw.

Pawb arall efo tedi bêrs, Barbis annaturiol o dennau, hithau efo Adrian.

'Faint 'di oed o, Nans?' holwyd.

''Run oed â phawb,' oedd yr ateb parhaus.

Yn ddiweddarach daeth y lleisiau.

Llais Adrian, wrth reswm. Yr oedd ei eirfa'n cyd-fynd â datblygiad ieithyddol Nans ei hun.

Llais David oedd un arall. Siarad pymtheg yn y dwsin, y David hwn. Gareth yn dawelach. Eifion yn hen beth digon sbeitlyd. Tecwyn yn dawedog iawn. Pete o Lundain ac felly fawr neb yn ei ddeall.

Amser chwarae yn yr ysgol fach byddai nifer o blant yn hel o gwmpas Nans efo'r cwestiwn: 'Gawn ni wrando hefyd?' A Nans wedyn yn adrodd yr helyntion anhygoel yn ôl iddynt. Ambell un o'r plant yn honni eu bod hwythau hefyd wedi dechrau clywed lleisiau. A rhieni wedyn yn dyfod i weld y brifathrawes.

Ond un ddarbodus oedd ei mam, Cat Hewitt, a benderfynodd yn gynnar iawn mai rhan o bwy oedd Nans oedd hyn ac nid salwch.

Gwahanol iawn oedd barn ei gŵr. 'Mental job' oedd un enw a ddefnyddiodd. Hynny a phethau eraill, mae'n debyg, a arweiniodd yn y diwedd at yr ysgariad.

Unwaith yn unig y bu i Cat simsanu, a hynny pan ymddangosodd Gwladys. Ond rhwng y cyfuniad o Adrian ac Eifion medrwyd darbwyllo Gwladys i chwilio am le arall. Anaml iawn bellach y clywir unrhyw beth oddi wrth Gwladys.

Nid gofid felly a deimlai ei mam pan ddywedodd Nans wrthi ei bod hi a'r hogia'n mynd at Stand y Band erbyn saith oherwydd iddynt gael gwahoddiad. Ond ni fyddai Pete yn dŵad.

*

Yma yr oeddynt ar Stand y Band am saith o'r gloch.

Dyfan 'Hector' Preis; Jim Lassiter; Cen O'Malley; April Moody ac Elder Tull; Maple O'Riordan; 'Biwti' Tripp a'i chwaer Theodora; Seithenyn Talbot; Nans Hewitt a'r hogia.

Dau weinydd. Un yn gweini'r gwin, a'r llall, y *canapés*.

A dyna pryd y digwyddodd.

O gyfeiriad y bar rhwng Belan ac Abermenai.

Pob un ohonynt yn reddfol edrych i'r cyfeiriad yna.

Daeth y goleuni.

Fel petai'n niwl llawn lleufer a thryloyw. Ffeind. A'u trochi.

A phob un o'r diwedd yn deall i'r dim.

Ciliodd.

Yr oedd hi wedi nosi.

Bywgraffiadau

MERERID HOPWOOD

Wrth ei gwaith bob dydd mae Mererid yn Athro yn Adran y Gymraeg ac Astudiaethau Celtaidd, Prifysgol Aberystwyth. Ei chyfrol ddiweddaraf o farddoniaeth yw *Mae* (Barddas, 2025) ac enillodd y Fedal Ryddiaith yn yr Eisteddfod Genedlaethol am ei nofel *O Ran* (Gomer, 2008). Tu hwnt i hynny mae'n Ysgrifennydd Academi Heddwch Cymru, lle cafodd wefr arbennig y llynedd o fod yn rhan o brosiect Hawlio Heddwch a dathlu canrif Deiseb Heddwch Menywod Cymru. Hi yw'r Archdderwydd cyfredol.

SARA MITCHELL

Mae Sara'n byw yng Nghapel Dewi ger Aberystwyth ond yn dod o Fynachlog-ddu yn Sir Benfro yn wreiddiol. Mae'n briod, mae ganddi ddwy o ferched, ac mae hi'n gweithio fel swyddog polisi yn Llywodraeth Cymru. Er ei bod hi wedi mwynhau ysgrifennu creadigol yn yr ysgol a'r brifysgol, dyma'r tro cyntaf iddi ysgrifennu ers blynyddoedd. Yn ei hamser hamdden, mae Sara'n mwynhau cadw'n heini ond ddim wastad yn llwyddo i wneud hynny, a does dim yn well ganddi na chydio mewn nofel dda.

ALUN DAVIES

Daw Alun Davies o Aberystwyth yn wreiddiol ond mae bellach yn byw yng Nghaerdydd. Cafodd ei drioleg o nofelau ditectif, *Ar Drywydd Llofrudd*, *Ar Lwybr Dial* ac *Ar Daith Olaf* (Y Lolfa 2020, 2020 a 2021), eu canmol gan feirniaid a darllenwyr. Fe enillodd wobr Tir na n-Og 2023 am y llyfr gorau i blant Uwchradd gyda'i gyfrol *Manawydan Jones: y Pair Dadeni* (Y Lolfa, 2022). Mae'n beiriannydd meddalwedd ac yn rhedeg ei gwmni ymgynghori ei hun. Mae'n hoffi rhedeg a beicio ac wedi cyflawni sawl triathlon. Mae'n dad i dri o blant.

SIONED ERIN HUGHES

Mae Erin yn awdur o Ben Llŷn. Enillodd y Fedal Ryddiaith yn yr Eisteddfod Genedlaethol am ei chasgliad o straeon byrion *Rhyngom* (Y Lolfa, 2022), ac mae ei chyfrol o fyfyrdodau *O'r Rhuddin* (Y Lolfa, 2024) ar Restr Fer Llyfr y Flwyddyn 2025. Hi oedd golygydd y gyfrol *Byw yn fy Nghroen* (Y Lolfa, 2019), *Iaith Heb Ffiniau* (Carreg Gwalch, 2024) ac yn ddiweddar, roedd hi'n gyd-olygydd ar y gyfrol *Beyond/Tu Hwnt* (Lucent Dreaming, 2025). Bydd Erin yn cyhoeddi ei chyfrol nesaf o farddoniaeth, *Fel y Moroedd*, gyda Chyhoeddiadau Barddas ym mis Hydref 2025.

STEFFAN WILSON-JONES

Mae Steffan yn sgwennwr a chynhyrchydd theatr o Ddyffryn Clwyd, sydd bellach yn byw yng Nghaerdydd. Ar ôl derbyn gradd BA Ffilm a Theatr o Brifysgol Reading, astudiodd Ysgrifennu Creadigol ym Manceinion, cyn symud i Gaerdydd i weithio fel Golygydd Sgript ar *Pobol y Cwm*. Mae bellach yn Gynhyrchydd Cynorthwyol gyda Theatr Cymru, ac yn parhau i sgwennu bob cyfle sy'n bosib. Mae'n ddigon ffodus i fod yn un o'r awduron ar gynllun Cynrychioli Cymru Llenyddiaeth Cymru 2025–2026, ac yn gweithio ar nofel a chasgliad o straeon byrion ar hyn o bryd. Mae wrth ei fodd yn rhedeg, canu, canu'r piano a mynd i'r theatr a'r sinema.

MATH WILIAM

Er bod Math wastad wedi bod â diddordeb mewn ysgrifennu creadigol, dim ond yn y blynyddoedd diwethaf mae wedi dechrau gwneud hynny. Hon yw'r drydedd gystadleuaeth iddo'i hennill, yn dilyn buddugoliaethau o'r bron yn yr Eisteddfod. Yn wreiddiol o Nefyn, mae bellach yn treulio ei amser yng Ngholombia, lle mae'n ceisio dysgu Sbaeneg a chodi ymwybyddiaeth am Gymru. Yn dilyn gyrfa ym meysydd newyddiaduriaeth, gwleidyddiaeth a'r celfyddydau, mae bellach yn cymryd seibiant, cyn penderfynu ar ei antur nesaf.

ALED JONES WILLIAMS

Dramodydd a llenor sy'n byw yng Nghricieth yw Aled Jones Williams. Ymhlith ei ddramâu mae *Sundance*, *Ta Ra Teresa*, *Iesu!* ac *Y Dyn Gwyn*. Cyhoeddodd nifer o weithiau rhyddiaith megis: *Rhaid i ti Fyned y Daith Honno Dy Hun* (Gwasg Pantycelyn, 2001), *Eneidiau* (Carreg Gwalch, 2013) a *Raffl a Storïau Eraill* (Carreg Gwalch, 2023) a oedd i gyd ar Restr Fer Llyfr y Flwyddyn. Cyhoeddodd gyfrol o farddoniaeth, sef *Y Cylchoedd Perffaith*, sy'n cynnwys 'Awelon', pryddest arobryn Eisteddfod Genedlaethol, Tŷ Ddewi, 2002. Ei gyfrol ddiweddaraf yw *Colin yn y Bỳs Sdop* (Carreg Gwalch, 2025).